Lara Cardella wurde 1969 in Licata / Sizilien geboren, legte mit siebzehn Jahren das Abitur ab und studiert seitdem klassische Literatur in Palermo; *Ich wollte Hosen* ist ihre erste Buchveröffentlichung. Die literarische Entdeckung 1989 in Italien heißt zweifellos Lara Cardella. Wenige Wochen nach Auslieferung ihres Erstlings *Ich wollte Hosen* (*Volevo i pantaloni*) schob sich das Buch auf Platz eins der italienischen Bestseller-Liste und behauptete monatelang diese Position. Es ist das sensationellste Debüt einer jungen Autorin seit Françoise Sagans ›Bonjour tristesse‹. Inzwischen wurden Filmrechte und fünf weitere Auslandsrechte verkauft.
Lara Cardella beschreibt exemplarisch den sizilianischen Macho und die Ausbeutung und Unterdrückung der (sizilianischen) Frau. Sie zeichnet die archaischen und derben Bräuche ihrer Heimat nach – und kam dadurch in große Schwierigkeiten: Ihrem Vater, Versicherungsvertreter, blieben plötzlich die Kunden weg; die Mutter, Stationsschwester in einem Krankenhaus, mußte sich von ihrer Stelle beurlauben lassen, die jüngere Schwester die Schule wechseln. Sogar der Bürgermeister ihrer Heimatstadt Licata trat zurück.
Denn Lara Cardella hatte, plötzlich eine landesweite Berühmtheit, während einer Fernseh-Talkshow publik gemacht, daß eine jahrelang versprochen gewesene Gemeindebibliothek nie zustande gekommen war, desgleichen öffnete ein seit sechs Jahren angekündigtes Familienberatungszentrum niemals seine Pforten. Beide Einrichtungen existieren inzwischen. Die junge Autorin indessen hält sich lieber an ihrem Studienort Palermo auf.

Lara Cardella
Ich wollte Hosen

(Volevo i pantaloni)

Aus dem Italienischen von
Christel Galliani

Fischer
Taschenbuch
Verlag

Sonderausgabe
40 Jahre Fischer Taschenbücher
Veröffentlicht im Fischer Taschenbuch Verlag GmbH,
Frankfurt am Main, Januar 1992

Die italienische Originalausgabe erschien 1989
unter dem Titel ›Volevo i pantaloni‹
bei Arnoldo Mondadori Editore S. p. A. in Mailand

Umschlaggestaltung: Bartholl & Bartholl, Hamburg
Foto: Christian Lovis, ›Estonie 1989‹
Gesamtherstellung: Clausen & Bosse, Leck
Printed in Germany
ISBN 3-596-11221-4

Ich habe nie vom Märchenprinzen geträumt.

Und wenn bei uns einer nicht vom Märchenprinzen träumt, dann träumt er vom Herrn des Himmels oder er träumt gar nicht. Ich habe vom Herrn des Himmels geträumt, seit ich fünf war, und sie sagten mir, dieser Bärtige in den Wolken mit seinen herumschweifenden Augen und dem majestätischen Zeigefinger sei mein Vater.

Ich habe meinen Vater, den Irdischen, nie geliebt, denn der sagte zu mir, ich solle keine Hosen tragen und meine Beine nicht sehen lassen; der himmlische Vater dagegen ließ mir die Hoffnung, daß ich eines Tages Hosen anziehen dürfte wie mein Bruder und meine Beine zeigen wie Angelina, die Tochter von Ingenieur Carasotti. In meinem Zimmer auf dem Kinderbett zeichnete ich diesen großen Vater, und sein Zeigefinger war nicht majestätisch, sondern er paßte ganz in meine kleinen Hände, die ihn mit kindlicher Liebe umfaßten. Dann kam er herein und sagte, ich würde in die Hölle kommen, weil ich Gott lästerte, und er verstand nicht, daß ich Gott liebte.

Ich war gerade halbwüchsig, als ich beschloß, ins Kloster zu gehen. Mit wenig Erfolg und zum Verdruß aller besuchte ich das Gymnasium. In den faden Lateinstunden schaute ich zum Fenster hinaus und dachte, daß Er auf mich schaute, und vielleicht unbewußt lächelte ich ihm zu.

Eigentlich hatte nicht ich mich für den Besuch des Gymnasiums wirklich entschieden, sondern die drastischen Bedingungen, die mir mein Vater auferlegt hatte (»Entweder Schule oder du bleibst zu Hause«), brachten mich dazu, lieber die Schulbank zu drücken, als ewig am Webstuhl zu sitzen oder vor einem Berg Tomaten zum Einmachen. Ich war nicht sonderlich für Hausarbeit begabt, noch weniger fürs humanistische Gymnasium; vielleicht eignete ich mich für gar nichts, aber irgendwas mußte ich ja tun, vor allem,um zu beweisen, daß ich mich nicht von einem jungen Mann aus guter Familie aushalten lassen würde.

Also, zu der Zeit träumte ich davon, ins Kloster zu gehen: Ich malte mir dieses fromme klösterliche Leben aus, und wenn ich in unserem Dorf Nonnen auf der Straße sah, mußte ich einfach unter ihre Tracht schauen, ob sie vielleicht Hosen trugen. Zur Messe ging ich fast nie, weil ich trotz allen guten Willens bei Pater Domenicos langen Moralpredigten regelmäßig einschlief.

Meine Frömmigkeit war eher geistig, und meine Beziehung zu Gott spielte sich in den Grenzen der vier Wände meines Zimmers ab; denn da gehörte er mir allein und ich mußte ihn mit niemandem teilen. Diese Art Frömmigkeit wurde von den Leuten im Dorf nicht sonderlich geschätzt; sie verstanden eine Beziehung zu Gott als etwas Stilisiertes und Manieristisches, etwas, was nur über den Priester samt seiner Sonntagskollekte vermittelt werden konnte.

Ich ging fast nie zur Beichte. Nicht, daß ich nicht meine kleinen Sünden begangen hätte, ganz im Gegenteil, aber ich traute den Priestern, ihren Predigten und vor allem ihrem ständigen eindringlichen Bitten um Spenden nicht über den Weg. Vielleicht war ich auch schockiert darüber, daß Pater Domenico eines Sonntags mit lauter Stimme eine alte Dame tadelte, weil sie so knauserig gespendet hatte und sie warnte, sie würde nicht ins Himmelreich kommen. Außerdem fand ich, daß ich keinen Mittler für meinen Dialog mit Gott brauchte. Ich würde ja bald seine Braut werden.

Meine Klassenkameradinnen träumten vom Märchenprinzen.

Wenn sie aus dem Haus gingen, trugen sie ihre langen Blümchenröcke und die weißen Spitzenblusen. Kamen sie in der Schule an, sperrten sie sich auf dem Klo ein und her mit der Ausrüstung à la femme fatale: Lippenglanz nach dem letzten Schrei aus Paris, Lidschatten und Rouge, wie sie sie bei dieser berühmten Schauspielerin gesehen hatten... Wie hieß sie bloß?... Das war... Nein, das war die andere, das bringst du durcheinander... Dann knöpften sie sich die Blusen auf, die zwei obersten Knöpfe, zogen ganze Packungen Kleenex aus ihren Taschen, und schon waren die Busen prall und üppig; den Rock noch ein bißchen höher gezogen, in der Taille zusammengerafft, ein paarmal umschlagen, und der Saum kommt hoch bis übers Knie, so daß man die Kniestrümpfe sieht, die bis zur Wade gehen, und die groben Jungenschuhe, die man üblicherweise von der Oma geerbt hat und die auch die Mama schon trug, damit die Tradition fortgesetzt wird.

Ich sah aus einem Winkel zu und lachte aus der Höhe

der Überlegenheit, die mir mein blauer Plisseerock verlieh und das lange schneeweiße Hemd von meinem Vater, noch wie neu und nach Mottenkugeln riechend. Ich lachte und dachte an die Verführungsszenen dieser kleinen Mädchen, die mit unübersehbarem Hüftwackeln durch die Schulflure schritten, ihre Hintern schwenkten und unter hysterischem Kichern die Kleenextüchter vor dem Verrutschen bewahrten. Die Jungen schauten ihnen zu, und ich hörte, wie Giovanni zu Giampiero sagte: »*Vidisti cchi culu? Ia ccù chissa* ... Hast du den Hintern gesehen? Was ich mit der...«, und los ging's mit einem Schwall kaum ausdenkbarer Vorhaben, der Phantasie wuchsen Flügel, genährt von den Pornoheftchen, die einer im Keller oder unterm Ehebett der Eltern oder in der Schachtel mit Papas Erinnerungsstücken gefunden hatte, neben seiner Pfeife und der Gebirgsjägerkappe. »Hast du Angelina schon gesehen? Die hat vielleicht zwei Titten, daß ich... Ich wüßte schon, was ich mit der machen würde!«

Dann kam ich vorbei und Schweigen im Walde, als wäre einfach niemand vorbeigegangen, das absolute Nichts. Aber das machte mir nichts aus. Ich träumte ja nicht vom Märchenprinzen und schmierte mich nicht so an... Und außerdem, was für ein Aufwand, nur um sich ein bißchen bewundern zu lassen!... Ich würde mich beleidigt fühlen, und außerdem waren ihre Kommentare wirklich nicht die Ohrfeigen und das Geschimpfe der Lehrer oder, schlimmer noch, des Direktors wert.

Der Direktor war ein alter Anhänger der Hitler-Bewegung, natürlich abgemildert durch seine eigene Mentalität. An Hitler schätzte er dessen repressive Manien, dessen autoritäre Haltung und Überzeugung, die Welt werde durch seinen Willen bewegt; diesen Charakterzügen eiferte er nach; und zu allem Überfluß sah er Mussolini ähnlich. Beim Ertönen der Schulglocke um halb neun wartete er oben an der Treppe auf uns, kerzengerade und stolz in die Brust geworfen, in seinem blaumelierten Anzug, mit wildem Blick und blankem Schädel. Er sagte fast nie etwas, kam langsam die Stufen herunter, als genösse er jeden Schritt, und prüfte die Rocksäume (manchmal hatte er auch einen Meterstab dabei), die Knöpfe an den Blusen, die Pullis auf Durchsichtigkeit, Gesichter, Wangen, Augen, Münder. Ein Ritual, das sich beim Ertönen der Schulglocke um dreizehn Uhr dreißig wiederholte, bloß daß diesmal ein paar Spuren Schminke übriggeblieben waren, ein paar Kleenextücher rutschten und manche Säume herunterhingen.

In solchen Fällen wurde der Direktor zur Furie, es setzte Ohrfeigen und Vorwürfe, und am nächsten Tag, wenn eine mit dem Vater kommen mußte, wieder Vorwürfe. Da schaltete sich dann der Vater ein: »*Bonu ficia!... L'avia ammazzari a' 'sta buttana.* Recht hatten Sie!... Umbringen hätten Sie sie sollen, die Nutte«, die Mütter sperrten die Töchter ins Haus; wenn sie einkaufen gingen, hielten sie den Blick gesenkt vor Scham und Schande. Dann der Klatsch im Obstladen, im Lebensmittelgeschäft und beim Fleischer; und die Frauen, die an warmen Vormittagen vor dem Haus in der Sonne sitzen, einander hämisch zugrinsen und tuscheln und zischeln: »*A vidisti? A vidisti?* Hast du sie gesehn? Hast du sie gesehn?«

Ich bekam diese Szenen mit, war etwas angeekelt, fragte mich aber vor allem nach dem Warum. Ich war in demselben Dorf wie diese Leute geboren und aufgewachsen, aber dieses Interesse für das Leben anderer konnte ich noch immer nicht begreifen. Man wußte immer alles von jedem, keiner wurde verschont: Nachrichten verbreiteten sich mit atemberaubender Geschwindigkeit von Mund zu Mund und bekamen bei jeder Station einen neuen Farbtupfer hinzu; wenn ein Mädchen später als sonst nach Hause kam, war sie innerhalb von ein paar Stunden eine Ausreißerin; wenn man in der Wohnung nebenan einen Teller fallen hörte, war das sicher ein Ehezwist und so in diesem Stil.

Niemandem war irgend etwas gleichgültig: Ein jeder interessierte sich für alles. Und in gewisser Weise ist das die menschliche Seite meiner Leute: Freilich hast du keine Handlungsfreiheit mehr, aber du hast auch nicht die Freiheit und das Recht, einsam zu krepieren. In meinem Dorf krepiert nicht einmal ein Hund für sich allein.

Die Rückkehr dieser Entehrten in die Klasse wurde im allgemeinen von feierlichem Schweigen begleitet. Natürlich schwiegen nur die Mäuler, denn die Gedanken waren in hellem Aufruhr: »Armes Ding, da schau an! Ihr Gesicht ist ganz rot...«, »Wie oft sie sie wohl geschlagen haben?...«, »So lernt sie wenigstens, wie man in die Schule kommt!« Und das Mädchen schritt langsam unter dem Gewicht dieser Blicke an seinen Platz, sie, das Opfer, sie, die *buttana*.

Aber dann kam die große Pause, und das Opfer wurde zur Heldin, stand im Mittelpunkt dieses Gewehrfeuers aus Fragen: »Was hat denn deine Mutter gesagt? Und dein Vater? Wie haben sie dich geschlagen? Mit einem Stock? Es heißt, sie hätten dich nackt auf den Balkon geschickt und es dir mit einem Gürtel gegeben... Armes Ding!...«

Und im Gewehrfeuer dieser Fragen und unterm Herabprasseln all dieser *Armes Ding!* wand sich die Arme so gut es ging, um niemandem unrecht zu tun. Dann, mit neuer Kraft und gestärkt durch die Schläge, bekräftigte sie mit lebendiger Stimme: »*Passatimi u russettu, và!* Na, dann gebt mir schon den Lippenstift rüber!«

Ich mit meinen 60 an Busen-Taille-Hüften dachte indessen ständig an mein Leben als Braut Christi, was mich den gewöhnlichen Wechselfällen meiner Kameradinnen etwas entfremdete. Ich war nicht besonders beliebt; mein einziges Glück war, daß ich nicht Klassenbeste und auch nicht Zweitbeste war, sonst hätte man mich gehaßt. Man behandelte mich von oben herab (eine Haltung, der ich genauso begegnete!) und stufte mich als geistig halb behindert ein und außerdem als völlig nichtssagend in körperlicher Hinsicht.

All das war mir nicht unangenehm, im Gegenteil. In meiner Aura aus Vollkommenheit und Apathie fühlte ich mich auserwählt.

Von meinem Vorhaben, ein geheiligtes Leben im Kloster anzustreben, ahnte niemand etwas, aber manchmal, im spirituellen Überschwang, war der religiöse Eifer nahe daran überzuschwappen, und das geschah vor allem in den Religionsstunden. In diesen Momenten war es wirklich schwierig, mein Geheimnis zu wahren, dann kritzelte ich Anspielungen in meine Hefte, an den Rand neben Mathematikübungen oder lateinische Übersetzungen.

Wie gesagt, ich war nicht besonders gut in der Schule, aber manche wußten von *ut* und dem Konjunktiv weniger als ich und baten mich auf dem Höhepunkt der Verzweiflung darum, ihnen meine Übersetzung rüberzureichen. Einmal war mein Altruismus fatal, denn ich vergaß, die Kloster und Nonnenleben preisenden Sätze auszuradieren. Und meine Klassenkameradin hatte wohl keinen ausgeprägten Sinn für Dankbarkeit, denn von diesem Tag an mußte ich mir von der ganzen Schule hinterhersingen lassen: »Eine kleine Nonne will ich werden...« und ähnliche Refrains. Bei aller Heiligkeit ließ ich dann manchmal meinen Glorienschein beiseite und brüllte wie eine Besessene.

Das Schlimmste war, als die Nachricht meinem Vater zu Ohren kam und ich angesichts seines forschenden Blicks nicht umhin konnte zu gestehen.

Mein Vater wollte von mir nur wissen, warum.

Ich antwortete: *»Pirchì mi vogliu mettiri i pantaluna.* Weil ich Hosen anziehen will.«

Natürlich bekam mein Vater meine stählerne Logik nicht gleich mit, aber nach ein paar Erklärungen prustete er vor Lachen. Ich schaute ihn an und verstand nichts. Und dann schaute er mich geradewegs an und sagte, diesmal ernst, mit sehr hartem Ton: »Nonnen tragen keine Hosen, sie haben ihre Nonnentracht, verstehst du?«

Und das hätte ich ihm glauben sollen!

Ich flüchtete mich in mein Zimmer und schrie, er sei ein Lügner. Glücklicherweise konnte ich mich einsperren, bevor sein Gürtel auf mich niedersauste.

Ich fürchtete mich vor meinem Vater, nicht nur weil er körperlichen Schmerz bereiten konnte. Es war sein Blick, der einem Schrecken einjagte, seine Augen, die in mir lasen, seine Augenbraue, die sich hob. Wir hatten keine gute Beziehung zueinander, wir haben nie eine gehabt. Ich war seine Tochter, wenn er meine Ehre verteidigen und mir eine gute Partie verschaffen mußte. Ansonsten redeten wir fast nie miteinander, wir waren Lichtjahre voneinander entfernt, und keiner von beiden verließ seine Position, um einen Schritt über die Grenzlinie zu tun.

Ich war nur eine Frau, und eine Frau ist bei uns für den Vater gleichbedeutend mit Sorgen, bis man einen anderen Vater für sie findet, der nur zufällig und aus Konvention den Namen Ehemann erhält. Frau ist Ehefrau, Frau ist Mutter, aber sie ist keine Person.

Vielleicht haben wir deswegen nie miteinander gesprochen, und auch deswegen konnte ich die Leute aus meinem Dorf nie als *meine* Leute betrachten. Es gab eine zu hohe Mauer zwischen Frausein und Personsein; es gelang mir nicht, mich anzupassen. Ich habe versucht, meinen Lebensstil zu ändern, aber leider konnte ich nie meine Seele vergewaltigen, und das haben diejenigen, die anders dachten als ich, mir nie verziehen.

Ich für meinen Teil habe nicht einmal versucht, die Mentalität der anderen zu ändern, weil ich sie zu sehr liebe, als daß ich solche Gewalt anwenden würde. Es gibt Überzeugungen, die in uns verwurzelt sind, ohne Bindung an Zeit, Raum und Umwelt. Wenn du versuchst, diese Überzeugungen zu töten, hast du die Person getötet, nicht bloß ihre Ansichten. Es gibt etwas, das in dir überlebt, trotz allem, und das, was übrigbleibt, bist du selbst, das wirkliche Du Selbst.

Nachdem ich ein wenig geweint hatte, öffnete ich das Fenster, das glücklicherweise, fast wie eine Tür, beinahe bis zum Boden reichte und riß von zu Hause aus. Ich nahm nichts mit, denn ich mußte mich Gott so schenken wie ich war. Und Hosen und Nonnenkleid würden sie mir geben.

Die Reise war nicht sehr weit, aber die Sonne macht hier auch das Nichtstun beschwerlich. Zum Kloster mußte man aufs Land hinaus; eine Landschaft, so schön, daß sie einem die Tränen besser zu trocknen vermag als die Sonne. Die Jahreszeiten hier bei uns folgen nicht dem Lauf der Natur, alles ist anders, als sei die Zeit angehalten worden. Auf den Straßen, zwischen den Feldern liegt der Duft von Erde, die mit der Kraft der Hände bearbeitet wurde, und die Bäume werden mit Hilfe von Dünger und Schweiß groß. Alles hier riecht nach Schweiß: Schau dir die Pferde an, sie sind nie wach und munter, sie haben die Müdigkeit der Arbeit an sich. Tiere sind wie Menschen, und Menschen sind wie Tiere.

Ich kam hundemüde beim Kloster an, nachdem ich mehr als eine halbe Stunde unter der Sonne und unter Tränen gegangen war. Die langen Haare schweißgebadet, müde bis in die Knochen, und dieses riesige Tor, vernebelt von Tränen und Kraft, o ja, die Kraft, mich als Heldin zu fühlen, als eine Art Märtyrerin, die sich dem Opfer verschrieben hat. Und die Märtyrerin klopft einmal, zweimal, dreimal...

Vom Balkon schaut eine Nonne herunter. Nachdem sie suchend herumgeschaut und niemanden gesehen hat, geht sie wieder hinein.

Ich setzte mich auf eine Stufe, fächelte mir mit dem Saum meines langen Rocks Wind zu und befeuchtete die Lippen mit Spucke, in meinem Mund brannte es höllisch. Ich hatte die Nonne gesehen und den Kopf nach oben gereckt, aber sie hatte keine Notiz von mir genommen. Und ich hatte nichts gesagt, weil ich nicht wußte, was ich sagen sollte.

Nach ein paar Minuten jedoch hörte ich hinter mir das Geräusch von schweren Schließriegeln, eine, zwei, drei Umdrehungen und noch mal und noch mal und dann Schlüsselgeklimper. Ich blieb regungslos in einem Winkel meiner Treppe sitzen und machte mich klein, so klein es nur ging.

Dann guckte ein milchweißes Gesicht aus der Tür, schaute herum und sah mich.

»Was machst du denn hier?«

»Ich... ich wollte sagen... Ich möchte Nonne werden.«

»Ja, wer bist du denn?«

»Ich bin Annetta... Anna, und ich möchte Nonne werden.«

»Das habe ich verstanden, aber wo sind denn deine Eltern?«

»Ich... ich habe keine, ich bin ein Waisenkind und lebe allein«, und ich brach in Tränen aus, dachte an meinen Vater, der mich schlagen wollte, und hätte wirklich eine Waise sein wollen.

Die Nonne sah mich etwas seltsam an, dann lächelte sie und ließ mich eintreten.

»Gut, du Waisenkind, erzählst du mir etwas über dich?«

»Was? Was wollen Sie wissen?«

»Zum Beispiel, wie alt du bist, wie du bisher gelebt hast, ob du zur Schule gehst...«

»Ich bin dreizehn und gehe nicht in die Schule, weil ich kein Geld habe... Erst lebte ich bei meiner Tante Concetta, aber dann hat sie gesagt, ich solle fortgehen, weil sie nicht mehr wußte, wie sie mich ernähren sollte...«

»Entschuldige, hast du nicht gesagt, daß du allein lebst?«

»Ja, schon... Das heißt, jetzt lebe ich allein... Und weil ich nichts anzuziehen habe... Kann ich ein Glas Wasser haben?«

»Natürlich, warte einen Moment«, und sie ging hinaus.

Ich blieb da sitzen, auf diesem zerschlissenen Diwan, und dachte darüber nach, was ich mir ausdenken sollte, und inzwischen sah ich mich um: ein gesticktes Madonnenbild, ein riesiges Kruzifix, das die halbe Wand einnahm, zwei Stühle, ein kleiner Tisch, eine Vase mit roten Nelken, ein großer Koffer und der Diwan, auf dem ich saß.

Die Nonne kam zurück und gab mir kühles Wasser, dann fing sie mit den Fragen wieder an.

»Und jetzt sage mir, warum du Ordensschwester werden willst.«

»Ich ... möchte immer bei Gott sein.«

»Das verstehe ich, aber warum ausgerechnet hier?«

»Weil eben ... Bei mir zu Hause sagt mein Vater ... ich meine natürlich, mein Onkel, daß ich keine Hosen tragen kann ...«

»Hosen? Was hat das mit Hosen zu tun?« Die Nonne war sichtlich amüsiert.

»Tragen Sie denn keine Hosen unter der Nonnentracht? Ich habe gesehen, daß Pater Domenico Hosen unter seiner Kutte trägt ...«

»Aber er ist ein Mann ... Nein, Annetta, wir tragen keine Hosen, glaube mir«, und sie versuchte, nicht zu lachen und mich nicht anzusehen.

Ich muß ziemlich pathetisch geklungen haben.

»Muß man dann Priester werden, um sie tragen zu können?«

»Man muß kein Priester sein ... man muß bloß ein Mann sein ...«

Ich ging sehr traurig fort, begleitet von der Heiterkeit dieser Nonne, aber mit einer neuen Idee im Kopf: »*Se sulu l'omina ponnu purtari i pantaluna, allura ia vogliu essiri ominu.* Wenn nur Männer Hosen tragen können, dann will ich ein Mann sein.«

Nachdem meine Laufbahn als Nonne endgültig gescheitert war, bereitete ich mich auf eine Karriere als Mann vor, die meinem schlichten, wenn auch sehr starken Willen sicherlich sehr viel abverlangen würde.

Zuerst einmal bestand das Problem, daß ich nach

Hause zurückkehren mußte... Ich war mehr als zwei Stunden fortgewesen, und sicher hatten sie meine Abwesenheit bemerkt. Mir gingen alle möglichen Lösungen durch den Kopf: Lüge, Unfall, ein gebrochenes Bein, Überfall; aber alle denkbaren Vorstellungen würden die gleiche unabänderliche Folge haben: den Gürtel meines Vaters.

Als ich zu Hause ankam, blieb mir keine Zeit, irgend etwas zu sagen, mein Vater wartete hinter der Tür auf mich, den Gürtel in der Hand.

»Ah, da bist du ja? Wo bist du gewesen?«

Abgesehen davon, daß ich nicht in der geeigneten seelischen Verfassung war, mir eine Ausrede auszudenken, konnte ein Wort, ein einziges Wort schon die Katastrophe auslösen.

Mein Vater sah mich ruhig an, aber seine Augen sprühten Feuer.

Er war immer so, wenn er mich anschließend schlug. Vielleicht hielt er sich zurück, um seinem Zorn erst auf dem Höhepunkt freien Lauf zu lassen, wie ein hochwasserführender Fluß, der von einem Holzdamm aufgestaut wird und wo ein Knacken, das leichte Nachgeben einer Planke ausreicht, und der Fluß bricht durch den Deich, kennt keine Barriere und kein Halten mehr. Ich hatte Angst vor diesem Knacken, Angst davor, mit einem Wort, einer einzigen Silbe eine Planke zu verrücken, und ich sagte nichts. Mein Schweigen erzürnte ihn noch mehr.

»Ah, du sagst nichts? Du hast nichts zu sagen?«

Und da tritt als Deus ex machina wie in einer himmlischen Erscheinung meine Mutter auf den Plan. Jetzt begriff ich, wie sich Isaak gefühlt haben muß... Sie war der Engel, der mit einer Geste seiner Hand die Klinge des Beils aufhalten und das Opfer verhindern mußte. Meine Mutter... ein Engel mit grauen Haaren, in einem Knoten zusammengefaßt, die eine oder andere Strähne hing zersaust heraus, ein Kleid aus großen gelben Blumen auf grünem Stoff und mit bloßen Füßen. Meine Mutter, die sich auf mich stürzte und dabei schrie: »Bist du endlich heimgekommen, Nuttenstück? Wo bist du gewesen?«

Das war das gefürchtete Knacken, die nachgebende Planke, und der Fluß ging endlich über.

Unter den Gürtelhieben und unter meinen Tränen hörte ich den Engel schreien: »*Accussì, accussì, ammazzila, ammazzila!* So, so, bring sie um, bring sie um!« Und mit jedem Anfeuern lud sich mein Vater noch mehr auf, wurde immer wilder und schlug weiter mit Gürtelhieben und Ohrfeigen auf mich ein, bis ich zusammenbrach.

Ich hörte, wie der Engel sagte: »Basta, basta, du hast meine Tochter ja umgebracht... Was bist du denn? Ein Hund? Nicht einmal Tiere behandelt man so!«

Und der Fluß besänftigte sich, kehrte in sein Deichbett zurück, war's zufrieden.

Der Engel näherte sich mir, sanft und besorgt: »Tut's dir weh? Tut's dir weh? Wo? Wo? Mußt dir nichts denken, du weißt ja, wie dein Vater ist. Aber du mußt mir schwören, daß du's nicht mehr tust, verstehst du? Komm, steh auf, mach schon, es ist ja nichts passiert!«

Ich sah sie von unten her an und sagte nichts, dann

stand ich auf, strich den Rock glatt und ab in mein Zimmer, um über die Verwirklichung meiner neuen Idee nachzudenken: ein Mann zu sein.

Aber wie war ein Mann, oder, besser gesagt, wer war ein Mann? Von meinem Vater, meiner Mutter, von Onkeln und Tanten hörte ich immer wieder die gleichen Sätze: »Du bist ein Junge... Du darfst nicht weinen...« oder »Ein Junge spielt nicht mit Mädchen!« oder auch »Schau mal... der Bart sprießt ihm schon!«

Das junge männliche Wesen, *u masculu*, war eine ganz besondere Rasse: er war vulgär, stark, mutig und unbarmherzig.

Bei mir zu Hause hatte ich mein ganzes Leben mit einem *masculu* verbracht und immer das Gewicht der Tradition, der Konvention tragen müssen. Mein Bruder war größer als ich, und das schien ihm die Autorität zu verleihen, an mir Vaterstelle zu vertreten, wenn mein Vater auf dem Feld war. Zu Antonio hatte ich keinerlei Beziehung, ich war zu anders, zu sehr Frau, um mit ihm reden zu können. Außerdem blieb er selten zu Hause. Mein Bruder half meinem Vater bei der Feldarbeit, und wenn er heimkam, ging er aus. Oft kam er betrunken nach Hause, spät nachts, stieß gegen ein Möbelstück und warf sich dann aufs Bett, wie er war, angezogen und mit Schuhen. Ich haßte ihn nicht, weil ich grundsätzlich niemanden haßte. Aber ich betrachtete ihn nicht als meinen Bruder. Gemeinsam hatten wir im Grunde nur den Uterus einer Frau, die nur zufällig meine Mutter war.

Manchmal dachte ich über mein Leben nach, was wäre, wenn ich aus einem anderen Uterus geboren worden wäre, wenn ich in einem anderen Teil der Welt gelebt hätte, oder wenn an dem bestimmten Abend mein Vater so müde gewesen wäre, daß er nicht einmal einen Finger hochgebracht hätte... Das hätte nichts geändert. Es hätte viele andere Abende gegeben, an denen er nicht müde gewesen wäre und die Kraft gefunden hätte, das Licht zu löschen und mich im Uterus meiner Mutter unterzubringen: Und dann hätte meine Mutter gefragt: »*Finisti?* Bist du fertig?«, und dann, nach neun Monaten, wäre ich geboren worden... oder ein anderes Ich, das auf die gleiche Weise wie ich gelebt hätte und den gleichen Namen getragen hätte und das gedacht hätte, was gewesen wäre, wenn an dem bestimmten Abend...
Um mein Vorhaben in die Tat umsetzen zu können, fing ich an, die seltsame Rasse Mann in allen Einzelheiten zu studieren, insbesondere meinen Cousin Angelo. Angelo war dreizehn, hatte tiefschwarze Haare und Augen und war immer braungebrannt von der Sonne der Felder, wo er meinem Onkel Giovanni *u' pilusu*, dem Behaarten half, einem lebenden Beweis für Darwins Theorien. Mein Cousin verkörperte den typischen heranwachsenden Sizilianer: kräftig gebaut, mit begehrlichen Augen und flinken Händen. Er ging nicht zur Schule, die brauchte er nicht, er war intelligent und lebhaft und in seinem Verhalten mehr als männlich, er war durch und durch ein Kerl.

Ich folgte ihm aufs Feld, wenn er abgezehrte Schafe molk, die nichts als schmutzige Wolle trugen, wenn er frühmorgens die gerade gelegten Eier einsammelte und sie roh in einem Schluck austrank, wenn er sich im Stall einschloß und die von seinem Vater weggeworfenen Zigarettenkippen aufrauchte, wenn er mitten durch Pferdeäpfel trampelte, weil er sagte, das brächte Glück, wenn er sich im Spiegel ansah, ob ihm schon das eine oder andere Barthaar, ein *piluzzu*, gesprossen war. Und ich imitierte ihn.

Während meine Klassenkameradinnen sich auf dem Klo schminkten, schloß ich mich in unserer Toilette ein und rasierte mich: Mit geschickten Handbewegungen seifte ich mir das Gesicht ein, dann griff ich zur Rasierklinge und nahm langsam – nicht aus Angst, sondern wegen der Pose – den leichten Flaum ab, der sich auf meinen Wangen gebildet hatte. Während meine Klassenkameradinnen Pakete von Kleenextüchern benützten und mit dem Hintern hin und her wackelten, verbrachte ich die Zeit damit, mich an den Attributen zu kratzen, die ich gar nicht besaß. Und während sie sogar auf der Kloschüssel noch mit geradem Rücken, Brust heraus, dasaßen, übte ich das Pinkeln im Stehen und spuckte gegen das Fenster. Und während jede Gleichaltrige beim Anblick einer winzigen Spinne in Ohnmacht gefallen wäre, machte es mir Spaß, sie zu schnappen und zu vivisezieren. Probeweise versuchte ich mich auch an ein paar ordentlichen Zügen Tabak, und nach anfänglichen Problemen konnte ich bis zu 30 Kippen täglich rauchen, inhalieren und sogar den Rauch zur Nase rauslassen.

Inzwischen war ich praktisch der Schatten meines Cousins geworden: Ich folgte ihm überall hin, ich spionierte ihm überall nach. Er hatte sich kaum umgedreht, ZACK! schon war ich da.

Nach anfänglichem Widerstreben (*L'omina su sempri omina!* Männer sind immer Männer!) brachte ich es soweit, daß er mich akzeptierte. Er war der einzige Mensch, dem ich mein Geheimnis anvertraute, nicht aus freien Stücken, zugegeben, sondern weil er mir eines Tages durchs Schlüsselloch nachspioniert hatte und mich auf diese Weise pinkeln sah. Ich konnte keine glaubwürdige Ausrede finden und mußte Farbe bekennen.

Angelo nahm die Nachricht, wie vorauszusehen, mit Gelächter auf, aber als er sah, daß es mir ernst war, beschloß er, mein Ausbilder zu werden. Er nahm mich immer mit, wohin er auch ging, sogar aufs Klo, und wir gewöhnten uns daran, gemeinsam zu pinkeln. Er brachte mir bei, wie man, selbst bei geschlossenen Augen, Steine wirft und Büchsen trifft; wie man spuckt, mit zusammengebissenen Zähnen und dem Gesicht nach oben, daß die Spucke in einem Bogen runterkommt; wie man Frösche zerlegt und Mausefallen baut; wie man die Tomaten von *'zza Vicinzinu*, Onkel Vincenzini, klaut und den Wachhunden dabei ein Schnippchen schlägt; den Gang eines *masculu*, eines Jungen, und den Händedruck eines *ominu*, eines Mannes.

Dann ließ er mich die Pornoheftchen seines Vaters anschauen, und das war wirklich etwas Besonderes für mich; denn wenn ich, bei meinen Nonnenanwandlungen, im Biologiebuch die Abbildung eines nackten Mannes sah, bedeckte ich sie sofort mit einem Heft oder mit einem anderen Buch, gewiß nicht mit der Hand. Die Bildergeschichte hatte den Titel »Schneewittchen und die sieben Zwerge«. Das überraschte mich ein wenig, denn ich verstand den Bezug zur Märchenwelt nicht. Verwundert blieb ich auf Seite fünf hängen, als ich das süße Schneewittchen auf allen vieren sah, das Kleid hochgeschoben und mit nacktem Hintern, und bei ihr der edle Jäger mit runtergelassenen Hosen und einem seltsamen Ding zwischen den Beinen. Ich schaute Angelo zwischen die Beine und dann in die Augen..., er lachte.

»*Ma unnu sapivi che semmu accussì?* Hast du nicht gewußt, daß wir so gebaut sind?«

Na ja, ich hatte immer gesehen, daß sich die Jungen zwischen den Beinen kratzen, aber ich wußte nicht genau, warum. Außerdem drehte sich Angelo, wenn wir zusammen pinkelten, immer zur anderen Seite und zeigte mir nur seinen Rücken oder höchstens sein Hinterteil.

Meine Lehrzeit hatte gerade zwei Monate gedauert: zwei Monate voller Hoffnungen und Illusionen, bis ich schließlich merkte, daß alles vergeblich war, daß ich nie *il coso*, das Ding, besitzen würde, daß ich nie ein *masculu* werden und nie Hosen tragen würde.

So kehrte ich zurück zu meinem vorbestimmten Leben als weibliches Wesen, als *fimmina*, ich entfernte mich von Angelo, lebte unglücklich und unzufrieden in meinem langen blauen Plisseerock.

Zu Hause waren meine Verfehlungen inzwischen vergessen, das Leben wieder normal geworden: Meine Mutter schmiß mir Schuhe nach, weil ich ihr nicht bei der Hausarbeit half, mein Vater schmiß mir Schuhe nach, weil ich ihm sein weißes Hemd ruiniert hatte, und mein

Bruder schmiß mir Schuhe nach, weil ich ihm sein Rasierzeug kaputtgemacht hatte.

Ein wenig Frieden kehrte ein, als mein Bruder nach Deutschland aufbrach, um Arbeit zu suchen, nicht daß er mich vorher bedrängt hätte, aber seit er weg war, hatte ich etwas mehr Luft zum Atmen.

In Deutschland blieb mein Bruder volle sieben Jahre lang: Dort lernte er seine Freundin kennen, dort heirateten sie und bekamen ihre drei Kinder, eins nach dem anderen. Meine Eltern hatten auf seine finanzielle Unterstützung gehofft, aber mein Bruder ließ erst nach vier Monaten von sich hören und zwar, um um Geld zu bitten, und dann alle zwei, drei Monate wieder, jeweils mit einem kurzen Brief, in dem er sagte, das Geld reiche nicht und er müsse ja von etwas leben. Dann, wie gesagt, heiratete er und benachrichtigte uns zwei Monate später; ebenso bei meinen drei Neffen. Nach den sieben Jahren kehrte er schließlich nach Hause zurück. Damit wir seine Familie kennenlernen, sagte er, aber Tatsache ist, daß er jetzt noch immer bei meinen Eltern wohnt und keine Arbeit gefunden hat.

Als er ankam, sah alles aus wie in einem amerikanischen Film: Gut fünf Minuten lang hupte er vor unserem Haus, und als ich mich hinausbeugte, um nachzuschauen, sah ich die Schnauze eines Flugzeugträgers, der vor unserer Tür parkte, er ließ einen Arm aus dem Fenster baumeln. Mein Bruder brachte Bonbons für alle und von jeder Sorte mit; mir schmeckten vor allem die gummiartigen mit Coca-Cola-Geschmack.

Kaum hatte er die Wohnung betreten, wurde Antonio

von den Gefühlsergüssen meiner Mutter überschüttet, die sich offenbar nicht sattsehen konnte an ihm und ihn vor lauter Küssen und Umarmungen hätte auffressen mögen. Dann merkte sie endlich, daß er noch vier blonde, magere und müde Wesen bei sich hatte, die mit riesigen Koffern in der Hand dastanden. Antonio stellte uns seine Frau Karina vor (*»A putivunu chiamari saprita*, sie hätten sie Saporita nennen können«, kommentierte meine Mutter, also »nett« oder »sympathisch«) und die Kinder Giuseppe, Peter und Ingrid. Natürlich verstanden meine Schwägerin und meine drei Neffen fast gar kein Italienisch, mit Ausnahme von ein paar Sätzen wie »*Mi sta rumpennu i cugliuna*. Du gehst mir auf die Eier«, oder »*Ti fazzu un culu accussi*. Ich reiß' dir den Arsch auf.«

Meine Mutter war in heller Aufregung, sie hörte gar nicht mehr damit auf, *minnilati* und *mastazzola*, Mandelkuchen und Obstgebäck anzubieten und zu fragen, wie denn Deutschland sei.

Nach den Antworten meines Bruders, der Kleidung meiner Schwägerin und Neffen und dem draußen parkenden Auto zu schließen, hatten wir sicher einen Milliardär oder so was in der Art vor uns. Antonio erzählte von einer großen Fabrik, wie hoch man ihn dort schätzte, von den Möbeln und dem Spielzeug in seiner Wohnung in Köln, aber er sagte kein Wort davon, wann er wieder abfahren würde. Mittlerweile hatte er sich mit seiner Familie bei uns zu Hause eingenistet, und meine Eltern mußten für den Unterhalt aller aufkommen. Später erfuhren wir, daß er in dieser Fabrik Laufbursche war, daß ihn alle duzten und daß die Wohnung draußen vor der Stadt lag und er zur Miete wohnte. Das Auto war aus dritter oder vierter Hand, um es bezahlen und heimkehren zu können, hatte er alles verkauft, Geld aus der Kasse geklaut (»Die haben sowieso Geld zum Wegschmeißen«, meinte er) und war fristlos entlassen worden: Da hatte er Kind und Kegel gepackt und war heimgekommen.

Diese sieben Jahre jedenfalls lebte ich als Einzelkind. Ich ging weiter ganz normal zur Schule, mit dem gleichen spärlichen Erfolg wie immer und mit der gleichen Geringschätzung durch meine Klassenkameradinnen wie immer. Auch sie hatten meine Vergangenheit als angehende Braut Christi vergessen und sich nur um ihre Vampkarrieren gekümmert. Alles lief normal weiter, die übliche Wacklerei mit dem Po, die üblichen vulgären Kommentare, die üblichen, unausbleiblichen Ohrfeigen vom Direktor. Obwohl ich meine Aura von Heiligkeit und Askese verloren hatte, stand ich noch immer abseits. Im Grunde waren nur die Schulstunden von gewissem Interesse, im übrigen war mein Leben das absolute Nichts.

Ich war in diesem kritischen Alter, in dem du kein kleines Mädchen mehr bist, aber auch noch keine Frau: Ich durfte nicht mit gleichaltrigen Jungen draußen spielen wie in den glücklichen Jahren meiner Kindheit, als wir Roller bauten aus Holzbrettern, die wir von den Zäunen genommen hatten, und aus Kugellagern, die wir bei den Mechanikern geklaut hatten. Es gab einen Roller, an dem hing mein Herz besonders: Ich hatte ihn eigenhändig gebaut und von oben bis unten gelb lackiert. Dann machten wir Wettrennen, abschüssige Strecken runter, und gingen auch ans Meer. Wir dachten uns alles mögliche aus, um unser kärgliches Taschengeld aufzubessern.

Manchmal nahmen wir Stühle, stellten sie in einer Reihe auf der Piazza auf, brachten Kleidung, Tischdekken und Servietten von zu Hause mit und versuchten uns als Verkäufer. Leider ist nichts dabei herausgekommen. Nur einmal war eine Dame stehengeblieben und hatte sich für eine Tischdecke interessiert, aber wegen einiger Flecke und einiger Risse kam das Geschäft nicht zum Abschluß.

Doch unser Erfindungsreichtum war damit noch nicht zu Ende: Wir unternahmen Kollekten, gingen mit kleinen Tellern und Heiligenbildchen durchs Dorf und baten um Spenden für die Kirche. Diesmal konnten wir etwas zusammenkriegen, deshalb entschlossen wir uns, die Tätigkeit auszuweiten, indem wir regelrechte Messen im Hof hinterm Haus abhielten.

Neben diesen religiösen Aktivitäten begingen wir regelrechte Diebstähle, Heiliges und Profanes sozusagen. Insbesondere erinnere ich mich an einige Bravourstückchen, die meine Cousine Rosa und ich gemeinsam vollbrachten. Wir waren fast gleichaltrig, gleich groß und gleich gekleidet, so wollten es unsere jeweiligen Mütter. Man hielt uns oft für Zwillinge, obwohl wir uns kaum ein bißchen ähnlich sahen. Wenn wir aus dem Haus gingen, sahen wir wirklich niedlich aus, trugen saubere Kleidchen, die Haare in langen Zöpfen geflochten und hatten süße, unschuldige Gesichter. Ein Hauch von Unschuld und Sauberkeit, der in die Irre führen mußte, und das nützten wir aus, um meisterliche Treffer zu landen. Unter den Augen der Ladenbesitzer klauten wir riesige Schachteln Pralinen und kandierte Früchte, ohne jegliche Gewissensbisse oder Scham: Während eine dem Ladenbesitzer schöntat, griff die andere nach der Beute. Wir gingen ruhig nach draußen, machten ein paar Schritte und dann ab die Post zur Kleinen Villa, um die Früchte unserer Arbeit zu genießen. Ich habe viele andere Male Pralinen und kandierte Früchte gegessen, aber nie mehr haben sie so geschmeckt.

Also, ich konnte nicht mehr mit gleichaltrigen Jungen, meinen Spielkameraden, nach draußen gehen, weil die Maske der Unschuld fehlte: Jetzt konnte jede Geste zweideutig sein, jedes Wort mißverstanden werden, und das gemeinsame Baden der Nackedeis beiderlei Geschlechter war eine ferne Erinnerung.

Das Schlimmste war, als ich zum ersten Mal meine Menstruation bekam. Bei uns ist es Gewohnheit oder, besser gesagt, Tradition, denn hier lebt man von Traditionen, die ganze Verwandtschaft an diesem Ereignis teilhaben zu lassen. Eine Tradition, über deren Geschmack sich streiten läßt, und über deren Takt sich noch mehr streiten läßt. Mit meinen Spielkameraden hatte ich über die *cose*, die »Tage«, gesprochen, wie es ist, *signurina* zu werden, über den Busen, der größer wurde, und über die Monatsbinden, und wir hatten darüber gelacht.

Ich wusch mich gerade im Bidet, als ich sah, wie das Wasser rot wurde. Ich rief meine Mutter, sagte es ihr und freute mich schon auf ihre verlegenen Erklärungen. Meine Mutter fragte mich mit niedergeschlagenen Augen: »Weißt du, was das bedeutet?«, und ich antwortete mit einem kleinen Lächeln, aber unschuldigem Getue: »Nein.« Sie sagte: »Komm, du weißt es doch«, und ging wieder.

Ich erinnere mich nicht mehr genau an die Uhrzeit des Ereignisses, aber es muß spätabends gewesen sein. Am Morgen darauf war unser Haus eine Art Warteraum geworden: Es sah aus wie bei einer Totenwache. Wenn da nicht die zweideutigen Blicke und das verschmitzte Lächeln gewesen wären, hätte ich mich wirklich um das Wohlergehen eines meiner Verwandten gesorgt. Aber so begriff ich gleich, daß diese Besuche und Aufmerksamkeiten mir galten, und da ich nicht gestorben war, schloß ich daraus, daß meine Mutter die ganze Einwohnerschaft in Kenntnis gesetzt hatte. Einen Augenblick lang dachte ich an meine Mutter, und mir kam das Bild der *vanniatori*, der Ausrufer, in den Sinn, Männer, die man dafür bezahlte, wenn man ein Kind verlor, damit sie durch die Straßen des Dorfes gingen und den Namen des verlorenen Kindes ausriefen. Dann wurden lauter Hände gedrückt, erstikkende Umarmungen getätigt und dauernd gelächelt, »alles Gute« und Glück gewünscht. Und ich, rot vor Scham, teilte in alle Richtungen ein »Dankeschön« aus.

Natürlich war mein Vater, wie alle Männer, der einzige, der sich nicht zur Sache äußerte, der kein Wort darüber verlor und Gesprächsthemen mied, die auch nur entfernt mit diesem Thema zu tun haben konnten. Nicht aus Takt oder aus Rücksicht mir gegenüber, versteht sich, sondern weil das Dinge waren, die Männer nichts angingen.

Ich fühlte mich in keiner Weise verändert. Außerdem war mein Busen gar nicht größer geworden; die Büstenhalter, die mir die verschiedenen Tanten traditionsgemäß geschenkt hatten, wurden in die Truhe verbannt, wo schon die Aussteuer bereitlag, seit ich fünf war. Die einzige Neuigkeit war, daß mich wieder der Wunsch gepackt hatte, Hosen anzuziehen.

Ich trug diese Bitte meiner Mutter vor, und ihre unschuldig gegebene Antwort revolutionierte mein Leben einer Heranwachsenden. Sie sagte zu mir: »*I pantaluna falli purtari e masculi e e buttani*. Hosen laß mal Männer und Nutten tragen.«

Weil ich kein Mann werden konnte, beschloß ich, Nutte zu werden.

Um verstehen zu können, wie ein Mädchen zur Nutte werden kann, muß man die Bedeutung des Wortes »Nutte« erklären. Bei uns ist eine Nutte nicht irgendeine Frau, die ihren Körper den Gelüsten eines reichen und anspruchsvollen Herrn überläßt; Nutte ist jede beliebige Frau, die in der Art, wie sie sich kleidet und wie sie sich gibt, sozusagen freizügig wirkt. Was nicht notwendig bedeutet, daß diese Frau von einem Bett ins andere hüpft, was, ehrlich gesagt, so gut wie nie vorkommt. Nutte ist nur ein Etikett, ein Passierschein für den Klatsch anderer, eine Art gutes Werk.

Um diese letzte Behauptung verstehen zu können, muß man die Dorfmentalität gut kennen. Bei uns ist fast niemand wirklich böse, und die Freude am Klatschen ist nicht, wie viele denken, eine verachtenswerte Tat boshafter Leute. Mein Dorf hat nie viel geboten, keine Freizeitbeschäftigung, keine Vergnügungen, und bei körperlicher Trägheit blüht die Einbildungskraft.

In Wirklichkeit ist die *sparlatina*, das Klatschen, das Sich-den-Mund-Zerreißen, eine höchst phantasievolle Tätigkeit, eine Kunst der Färbungen, der kleinen Details, fast eine Intarsienarbeit. Es ist nicht das schlichte Erzählen von Dingen, die andere angehen, es ist sehr viel mehr als das. Es ist eine Chance, die eigenen geistigen Gaben zu entwickeln, ein Wettstreit der Phantasie. Vielleicht ist sie nicht besonders geschmackvoll, aber ein jeder sei mit dem zufrieden, was ihm geboten wird.

Das gute Werk der Nutten besteht genau darin: neue Anstöße zu geben. Aber es ist schon wahr, daß Undank dieser Welten Lohn ist: Anstatt Wertschätzung zu erfahren, werden sie, diese neuen Rotkreuzlerinnen, getadelt und von oben herab behandelt. Aber keineswegs aus Böswilligkeit, das steht fest; es ist einfach so, daß diese so schöpferischen Köpfe sich fast gedemütigt fühlen, wenn sie sich an reale Tatsachen halten müssen, da bleibt ihnen nicht genügend Raum für ihre galoppierende Phantasie. Sie wenden sich lieber den braven Mädchen zu, die nur für Schule und Messe aus dem Haus gehen, und suchen etwas Trübes in ihrem Gang, ihrem Hinknien, ihren Blikken... Und wenn da absolut nichts Trübes ist, gut, wozu hat man seine Phantasie?

»Rosetta ist am Sonntag nicht zur Messe gegangen... Wer weiß, wo sie war und mit wem?...«

In jedem Falle sollte aus mir gewiß nicht das typisch

brave Mädchen werden, das nur bei großen Festen ausgeht, zusammen mit den Eltern, um einen Ehemann zu finden; das den Kopf beim Gehen gesenkt hält, unempfänglich für Blicke; das sonntags am Altar niederkniet und so tut, als bete es mit im konfusen Gemurmel der alten Jungfern, die seit Jahren wie besessen die gleiche Litanei an die Madonna und an die Heiligen richten und über jede Rosenkranzperle fahren, als sei sie eine Etappe auf der Via Dolorosa. Ich würde eine Nutte im Licht der Sonne sein, mein Name würde von einem Mund zum anderen gehen, und vor allem würde ich, endlich, Hosen anziehen.

Meine Lehrzeit begann in der Schule mit der aufmerksameren und interessierteren Beobachtung der Verführungsrituale meiner Klassenkameradinnen. Ich konnte es mir nicht leisten, Lippenstifte, Rouge oder solche Sachen zu kaufen, ich hatte kein Geld, und ich konnte meine Eltern auch um keines bitten, deshalb begnügte ich mich die erste Zeit damit, den anderen aus meinem üblichen Winkel zuzusehen. Jetzt versuchte ich allerdings, ihnen näherzukommen, etwas mehr über diese Welt zu erfahren, und ich begann damit, die ersten, schüchternen Fragen zu stellen.

Es waren dumme Fragen, und als Dumme wurde ich auch behandelt, aber ich ließ nicht locker. Ich fing schon an, das erste Hüftwackeln auszuprobieren, das Röckchen ein bißchen, aber nur ein bißchen, zu heben, Klopapier zu tragen, um den Umfang meines verschwindend kleinen Busens zu vergrößern. Ich war wirklich etwas unbeholfen, und die einzigen greifbaren Resultate waren das Gelächter der Mädchen und die sarkastischen Bemerkungen der Jungen. Aber die Vorsehung kennt wirklich keine Grenzen, und sie kam mich während der Pause auf dem Klo in der menschlichen Gestalt von Angelina Carasotti besuchen, der Tochter des Ingenieurs.

Angelina war eine bekannte *buttana*, sie war erst vor kurzem ins Dorf gezogen, nachdem sie mehr als 13 Jahre im Norden gelebt hatte. Die Erziehung, die sie erhalten hatte, war zutiefst anders als die unsere: Angelina war sehr frei, gab viele Feste, zu denen freilich nur wenige Mädchen gingen, die aber voller Fröhlichkeit und Musik waren; sie ging aus, wann sie wollte, und nie allein: Immer warteten drei, vier Jungen bloß darauf, sie begleiten zu dürfen; sie trug so enge Hosen, daß sich Angelinas Formen überdeutlich abzeichneten, und kurze oder glockenförmige Röcke, bauschig und fast immer aus Organza, die beim leisesten Windstoß hochstiegen und unter denen man ihre ganzen Beine sah, und sie lachte, mit ihren leuchtend weißen Zähnen und roten Lippen. Sie sah allen ins Gesicht, die Augen in den Augen, und sie schlug diese nie nieder, nicht einmal, wenn die Lehrer sie tadelten, und einmal lief sie sogar Gefahr, rausgeschmissen zu werden, weil der Mathelehrer ihr befahl, den Blick zu senken und sie ihm zur Antwort gab: »Ich schaue hin, wo es mir paßt. Wenn Sie wollen, senken Sie den Blick.«

Für die Mädchen war Angelina ein Idol, ich hielt sie nur für eine Exhibitionistin und obendrein für ein bißchen doof. Aber offenbar tat ich ihr leid mit meiner ganzen Unbeholfenheit und meinen schüchternen Versuchen. So kam sie an diesem Tag zu mir her, ich stand vor dem Spiegel, den die Mädchen an der Wand aufgehängt hatten, sie nahm mein Haar und hielt es hoch.

»Mit hochgestecktem Haar siehst du besser aus, findest du nicht auch?«

Ich sah sie aus dem Spiegel an, konnte kein Wort herausbringen und nickte zustimmend mit dem Kopf. Da nahm sie mich bei der Hand, führte mich zu einem der freien Klos und sagte zu mir: »Du und ich, wir müssen uns unterhalten.«

Kaum waren wir drin, setzte sie sich auf die Kloschüssel und schlug die Beine übereinander, dann griff sie zu einer Zigarette, zündete sie an und machte einen tiefen Seufzer, während ihr Mund die Form eines tiefroten, bebenden Herzens annahm. Sie klimperte ein bißchen mit den Wimpern, hielt die freie Hand reglos auf halber Höhe vor sich ausgestreckt, als hielte sie einen Lampenschirm, sah mir fest in die Augen und sagte: »Es ist nicht schwer, man braucht nur ein bißchen guten Willen, wenn du magst, kann ich es dir beibringen.«

Ich sah sie bewundernd und überrascht an, fest überzeugt, daß ich es nie soweit bringen würde wie sie, niemals, aber daß ich es mit aller Kraft versuchen würde.

Von diesem Tag an wurden Angelina und ich praktisch unzertrennlich. Sie behandelte mich wie eine Eingeborene, die es zu zivilisieren galt, aber das war kein zu hoher Preis.

Sie war es, die mich zum ersten Mal schminkte, die ausprobierte, welcher Puder zu meiner Haut, welcher Lidschatten zu meinen Augen paßte. Sie wurde fast nie ärgerlich, versuchte immer, die Ruhe zu bewahren, auch wenn ich ständig zappelte, die Augen öffnete und schloß und mir den Lippenstift mit Erdbeergeschmack ableckte. Aber auch wenn sie ärgerlich wurde, behielt sie immer eine gewisse Fassung: Sie schrie nicht, regte sich nicht auf und war nie vulgär, höchstens sagte sie zu mir: »Schwachkopf.« Sie war liebevoll und voller Aufmerksamkeit, nichts entging ihr, jede Einzelheit war unverzichtbar.

Sie gab mir ihre Stöckelschuhe zu probieren und zeigte mir, wie ich gehen mußte, aber für mich war es eine Tortur, weil sie 37 trug und ich 39, beim Gehen sah es deshalb aus, als hinkte ich auf einem Bein, und ich mußte mich an den Wänden anlehnen. Sie selbst steckte mir Kleenextücher in den Büstenhalter, die ich aus der Aussteuertruhe geschmuggelt hatte, und sagte mir, wie ich mich verhalten mußte: »Denk dran, daß die Jungen, bevor sie dir ins Gesicht sehen, dahin sehen.«

Sie lehrte mich auch, wie man atmet, und ich hatte nicht geglaubt, daß das so schwierig sei. Und dann, wie man spricht, dreinschaut, zuhört, wie man Gleichgültigkeit heuchelt, lacht, lächelt, wie man ernst ist, trinkt, ißt, sich hinsetzt und aufsteht, wie man das Haar hochsteckt, wie man es wieder aufmacht. All das garniert mit vielen kleinen, sehr nützlichen Anmerkungen.

»Wenn du mit einem Jungen sprichst, mußt du ihm immer in die Augen schauen, und wenn du zuhörst, schau ihm auf den Mund und laß die Lippen leicht offen.«

»Wenn dich jemand interessiert, darfst du es ihn nie offen merken lassen: Schmeichle ihm, zieh ihn an und spiele dann die Gleichgültige.«

Sie war ein wandelndes Handbuch: Für jede Situation hatte sie ihre Anweisungen parat, an ihr war nichts natürlich.

Ich folgte sklavisch ihren Lehren, ohne ihnen etwas von mir hinzuzufügen, ich wirkte wie ihre lebende Fotokopie, aber die Jungen interessierte das offenbar nicht so sehr, als sie mir schon kurze Zeit später hinterherliefen und gepfefferte Bemerkungen auch über mich machten.

Angelina betrachtete mich als ihre Lieblingsschülerin, nahm mich immer mit und lud sogar auch mich zu ihren berühmten Festen ein. Sie hatte mich nicht besonders gern, das habe ich nie gedacht; und im übrigen lag mir auch nichts daran, von ihr geliebt zu werden. Ich war von ihr fasziniert, wie ein Kind von einem Erwachsenen fasziniert sein kann. Sie war ein Idol, jemand, der immer wußte, wie man sich verhalten mußte, die lebte, wie ich hätte leben wollen. Aber ich war darauf nicht neidisch, denn sie lachte nie. Oder, besser gesagt, sie lachte nie spontan, und jemand, der nie lacht, kann nicht glücklich sein. Vielleicht amüsierte sie sich, aber sie war nicht glücklich, denn ihre Augen waren erloschen, und nicht einmal Komplimente konnten sie mehr zum Leuchten bringen.

Angelinas Feste wurden wegen der wenigen Mädchen und der vielen eitlen Gockel, die daran teilnahmen, als regelrechte Orgien angesehen. Ich konnte bei solchen Festen nicht mitmachen, ich konnte es nicht einmal wagen, meine Eltern darum zu bitten, weil ich wußte, was sie über Feste dachten und insbesondere über Angelinas Feste. Ich konnte nur davon träumen, von meinem Debüt in der Welt der Nutten, es mir ausmalen oder über irgendeine Lösung nachdenken, einen Notbehelf, irgendeine Ausrede, um wenigstens einmal daran teilnehmen zu können. Freilich, ich hatte kein passendes Kleid, aber Angelina hatte versprochen, mir eins zu leihen. Und ich dachte darüber nach, wie ich für ein paar Stunden aus diesem Gefängnis fliehen konnte, um mein Märchen zu erleben.

Die Leintuchmethode war ausgeschlossen: Sie würden mir sofort draufkommen. Man mußte an etwas leichter Durchführbares denken, und Angelina hatte die Idee. Sie würde zu mir nach Hause kommen, an einem Nachmittag, und mit meinem Vater sprechen: Sie würde ihn um Erlaubnis bitten, mich zu ihr nach Hause kommen zu lassen, um eine Materialsammlung für die Schule zu machen, weil es bei uns ja kein Lexikon gab.

Die Idee kam mir brauchbar vor, aber ich wollte nicht, daß Angelina zu mir nach Hause kam. Ich hatte eines Tages in der Schule ihre Eltern gesehen, sie waren sehr elegant; alle redeten von Angelinas wunderschöner Wohnung, von ihrem großen Salon mit Bildern an den Wänden und einem Kristallüster, und ich dachte an meine Mutter mit dem Haarknoten und den Kleidern meiner Oma, an meinen Vater mit seinem langen, von Erde verschmierten Hemd und an mein Zuhause... das Schlafzimmer mit dem Ehebett in der Mitte, dem großen Schrank und der Truhe, die Küche mit dem Tisch an der Wand und vier Stühlen darum herum, dem Becken für die Teller, in dem wir auch die Wäsche wuschen, und dem Herd, der alle Wände verräucherte, dem engen Bad mit Vorhang, weil mein Vater die Tür mit der Schulter aufgebrochen hatte, als er einmal eingesperrt war, die Kloschüssel immer offen, weil der Dekkel fehlte, die große Plastikwanne, in der wir uns wuschen, und schließlich die kleine Abstellkammer, in der mein Klappbett stand; glücklicherweise war mein Bruder in Deutschland, sonst hätten wir uns diesen kleinen Raum noch teilen müssen, wie wir es früher getan hatten.

Ich schämte mich für meine Familie, für meine Wohnung, für das, was ich war, und ich fürchtete, daß Angelina, wenn sie meine tägliche Umgebung sah, ihre Meinung ändern würde und mich nicht mehr in ihrer Nähe haben wollte. Ich konnte ihr das alles nicht erklären, die Demütigung ihres blendend weißen Kleids vor dem Hintergrund dieser durch den alten Ofen schwarz verräucherten Wände, denn meine Mutter bestand darauf, ihr Brot selber zu backen, weil man ja nicht weiß, was die Bäcker da reintun, heutzutage.

Ich sagte meiner Mutter, an diesem Nachmittag würde Angelina kommen, und sie fiel über mich her, weil sie solche Leute nicht in ihrem ehrbaren Haus haben wollte. Ich gab ihr zur Antwort, daß der Lehrer mir Angelina als Kameradin zugeteilt habe, und sie schwieg, weil die Lehrer immer wissen, was sie tun, die sind intelligent und kennen die Leute besser als wir. Den ganzen Nachmittag bemühte sie sich, die Wohnung sauberzukriegen und zum Glänzen zu bringen, sie bohnerte sogar den Fußboden. Die Wohnung war wirklich sauber und glänzte, aber die Wände waren immer noch schwarz. Und Angelina kam in einem weißen Kleid mit Spitzen. Meine Mutter war zerzaust, müde und verschwitzt, ihr schwarzes Kleid war kürzer als der weiße Unterrock, aber Angelina schien nicht darauf zu achten.

Ich hatte Angst, sie Platz nehmen zu lassen, obwohl meine Mutter die Stühle geputzt hatte, sie kamen mir immer noch zu schmutzig vor für dieses weiße, zu weiße Kleid. Und dann meine Mutter, die höflich sein wollte und ihr warmes Brot anbot, das gerade aus dem Ofen kam und ganz schwarz war, und Angelina, die mich verlegen ansah. Ich hätte verschwinden mögen, in dem Schwarz des Rauches aufgehen, einfach nicht vorhanden sein. Meine Mutter, die Dialekt sprach, und Angelina, die auf italienisch antwortete, und ich, die schwieg. Ich haßte meine Mutter; ich wußte, daß es nicht ihre Schuld war, und vielleicht haßte ich sie deshalb noch mehr.

Dann kam mein Vater, er blieb kurz in der Tür stehen und sah Angelina überrascht an, aber dann ging er zu ihr hinüber und streckte ihr seine erdverschmierte Hand entgegen, Angelinas Hand wurde schmutzig. Er beschmutzte ihr die weiße Hand, und ich sah, wie Angelina angewidert das Gesicht verzog, und haßte meinen Vater. Aber Angelina war höflich und lächelte und hielt den Blick gesenkt, wenn sie sprach, und mein Vater ließ sich überreden, mich den folgenden Nachmittag zu ihr nach

Hause zum Lernen zu schicken, aber nur bis sieben, höchstens, weil es nicht gut war, daß ein Mädchen zu dieser Stunde allein unterwegs ist.

Angelina konnte ihn überreden, die Uhrzeit fürs Nachhausekommen bis acht hinauszuschieben, sie versprach, daß mich ihre Eltern heimfahren würden, im Auto. Ich vergaß jetzt die schwarzen Wände und dachte an das Fest am nächsten Tag. Meine Träume waren in rosa Banalität getaucht, in Bilder aus Foto-Love-Stories oder Fräuleinromanen der berühmten Liala, wenn nicht gar aus der Märchenwelt.

Wer weiß, warum an einem bestimmten Punkt deines Lebens deine Gedanken so banal und gewöhnlich werden, während du sie als so einzigartig und besonders empfindest! Aber vielleicht ist es nicht nur ein Moment, es ist das ganze Leben, das eigentlich immer die gleiche einzigartige und besondere Banalität ist. Jedenfalls war ich für mich die einzige auf der Welt, die von diesem Fest, diesen Jungen, diesem Kleid träumen konnte. Ich stellte mir meinen triumphalen Einzug in einen von Lichtern glänzenden Saal vor, dessen weiße Wände über und über mit Bildern bedeckt waren, und die bewundernden Blicke und die kleinen Bemerkungen, auf die ich jetzt nicht mehr verzichten konnte. Was eine schlichte äußerliche Veränderung sein sollte, war dabei, zu einer seelischen Revolution zu werden: Ich wollte im Mittelpunkt stehen, alle Blicke auf mich ziehen, mich zwischen tausend Aufforderungen zum Tanz durchlavieren, ich war komplimenteabhängig geworden...

Natürlich schlief ich in dieser Nacht wenig und schlecht, mit dem Ergebnis, daß die zwanzig Minuten große Pause nicht ausreichten, um die Ränder unter meinen Augen zum Verschwinden zu bringen.

Endlich war das Fest da. Angelina kam mich um 17 Uhr zu Hause abholen, mußte sich die letzten Ermahnungen meiner Mutter über die vereinbarte Zeit zum Heimkommen anhören, und wir gingen. Ich schämte mich noch immer, daß ich arm war, aber die Demütigung war noch stechender, als ich zu Angelina nach Hause kam. Es war kein Schloß oder Palast, aber in meinen Augen war es sehr viel mehr. Die Eingangstür in hellem Holz mit glänzendem Messingknopf, ein langer, langer Korridor und viele, viele Zimmer.

Angelina verhielt sich bei ihr zu Hause völlig anders zu mir: Sie schalt mich, weil ich alles anfaßte, sie sagte, ich sei ein Trampel, meine Schuhe beschmutzten den Fußboden, meine Hände beschmutzten die Möbel, die Vase hier könnte ich zerbrechen oder das Nippesstück dort, und ich wurde immer kleiner. Sie brachte mich sofort ins Badezimmer, genauer gesagt, in eines der beiden Badezimmer, sie hatten nämlich zwei, obwohl sie zu Hause nur zu dritt waren: Die Fliesen waren wie Spiegel, man konnte sich wirklich darin sehen; die Badewanne war groß und ganz emailliert, hatte keinen Kratzer oder irgendeinen Rostfleck; Teppiche lagen auf dem Boden und auf dem Klodeckel, und die Handtücher waren alle von der gleichen Farbe und sehr sauber. Ich traute mich kaum, auf diesen

Fliesen zu gehen, als könnte mein Spiegelbild diese Vollkommenheit zerstören. Ich dachte, Angelina wollte mich schminken, und fragte sie, wo ich mich hinsetzen solle.

»Du willst doch wohl nicht so kommen? Wasch dich zuerst und nimm ein bißchen von meinem Parfüm.«

Diese Worte verletzten mich zutiefst: Ich war arm, elend, eine Hungerleiderin, aber nicht schmutzig!... Ich hatte mehr als eine Stunde lang gebraucht, mich in dem kleinen Bottich zu waschen, ich hatte mich wieder und wieder im Spiegel angesehen, ich hatte mir sogar Talkum überallhin getan, von seinem Geruch wurde mir fast schlecht, aber ich war nicht schmutzig.

Ich antwortete ihr nicht, sie ging hinaus, sagte noch, ich solle den Fußboden nicht naßmachen und mich mit dem roten Bademantel abtrocknen, nicht mit dem weißen, und ich dachte wieder an ihr weißes Kleid und die schwarzen Wände. Ich hätte vor Wut weinen mögen, vor lauter Demütigung, aber sie kam wieder herein, und ich konnte mir gerade noch den Rock wieder hochziehen.

»Was? Du schließt nicht mit dem Schlüssel ab? Gut und schön, daß du eine Nutte werden willst, aber vermeide es, bei mir zu Hause damit anzufangen!«

»Entschuldige, das hab' ich nicht gemerkt...«

Sie schloß die Tür wieder. Ich folgte ihr und drehte den Schlüssel um.

Wie sollte ich ihr erklären, daß es bei mir zu Hause nicht bloß keinen Schlüssel gibt, sondern nicht einmal eine Tür, weil mein Vater sie aufgebrochen hat, und daß da jetzt Vorhänge sind und es sein kann, daß meine

Mutter reinkommt und mich nackt im Waschbottich sieht?

Das Wasser stand inzwischen schon hoch in der Wanne. Ich berührte es, es war lauwarm, ich tauchte hinein. Gleich vergaß ich Angelina und die Vorhänge und den Waschbottich und wurde ein Mensch. Ich blieb eine Viertelstunde lang im Wasser, dann kam Angelina mich rufen, und ich stand auf. Ich hatte meine Kleidung auf den Boden gelegt, damit ich die Fliesen nicht naßmachte, und gab acht bei jedem Schritt. Ich nahm den roten Bademantel und trocknete mich ganz sanft ab, ich blieb feucht. Dann nahm ich Angelinas Parfüm, und in der Psychose fing ich an, es überallhin zu spritzen. Ich hob meine Lumpen vom Boden auf und öffnete die Tür: Angelina stand schon bereit.

»Was hast du denn gemacht? Bist du ins Parfüm gefallen?«

Sie verzog das Gesicht so angewidert wie vor ein paar Tagen, als mein Vater ihr die Hand gegeben hatte. Dann ging sie zur Wanne hin, schaute das Wasser an und dann mich an; ich dachte schon, das Wasser wäre grau, ich wäre vielleicht wirklich schmutzig.

»Wieso hast du das Wasser in der Wanne gelassen?«

Sollte ich ihr sagen, daß bei mir zu Hause nur alle drei Wochen Wasser da ist, daß ich, wenn ich mich wasche, es nicht vergeuden darf, weil sich auch meine Mutter waschen muß, die es dann ebenfalls nicht wegschüttet, weil sie mit diesem Wasser noch den Fußboden putzt, der aus abgestoßenen kleinen Fliesen besteht, an denen man hängenbleiben und stolpern kann?

Ich entschuldigte mich wieder, sie ignorierte mich mit einem Achselzucken, und ich bat sie um das Kleid. Sie antwortete, erst müsse ich mich schminken, damit nicht ein Bröckchen Grün oder Blau ihr Kleid beflecke.

Um 18.30 Uhr war ich fertig, das Haar hochgesteckt, der Mund rot, die Lider blau, die Wimpern lang und schwarz, mit einem Kleid aus hellblauem Organza und engen Stöckelschuhen. Ich kam mir vor wie eine Prinzessin: der weite Rock, der hochstieg, wenn ich eine Pirouette drehte, und der tiefe Ausschnitt vorn und auf dem Rücken. Verglichen mit Angelina war ich aber nur eine kleine Kröte: sie in ihrem langen Kleid, schwarz, eng anliegend, vorn hochgeschlossen, aber mit einem Ausschnitt hinten, der den ganzen Rücken sehen ließ, und ein ellenlanger Seitenschlitz. Sie sah aus wie eine richtige Dame, mit einer langen Zigarette in diesem bebenden Herz mit Erdbeergeschmack.

Kein triumphaler Einzug, kein bewundernder Blick für mich, wenige und dürftige Bemerkungen. Das einzige, was mit meinen Phantasien übereinstimmte, war der Saal: riesengroß, taghell beleuchtet, mit weißen Wänden voller Bilder. Ich weiß nicht, ob die Bilder wertvoll waren, aber sie waren schön. Auf einem, das einen vergoldeten Rahmen hatte, war eine blonde Dame dargestellt, ganz nackt, auf einem Bett liegend, und die Farben waren verschwommen; ich schaute es bewundernd an, denn es war schön, wirklich schön.

Als Angelina mich so in meiner Betrachtung vertieft

sah, fragte sie, was ich hätte. Ich antwortete, mir gefiele dieses Bild. »Aber das ist ein Schinken!« sagte sie zu mir.

Ich war ungebildet, Angelina wußte das und zeigte vor allen ihren Freunden mit dem Finger auf mich.

Ich dachte darüber nach, was Wert eigentlich ist, wieso ein Gemälde ein Schinken ist und ein anderes ein Kunstwerk. Bei mir verursachte dieses Gemälde Gefühle, ich weiß nicht, was es war, ich hätte es nicht erklären können... Es ist, wie wenn du den Sonnenuntergang oder das Meer anschaust: Du fühlst etwas, das du nicht erklären kannst und fragst dich nicht einmal, was es ist... Sind der Sonnenuntergang und das Meer vielleicht Schinken? Verlieren sie vielleicht etwas von ihrem Wert, weil sie seit jeher existieren und immer existieren werden? Ihr Wert ist ihre Freiheit, die Tatsache, daß sie niemandem gehören, aber du könntest meinen, daß sie dir gehören, Hauptsache du schaust sie mit dem Herzen an. Und mit dem Herzen gehörte dieses Gemälde mir, weil es schön war. Aber vielleicht hat Angelina nie etwas mit dem Herzen angeschaut, und vielleicht kann ihr deshalb niemals etwas wirklich gehören.

Wie vorausgesehen, waren nur wenig Mädchen da, drei oder vier, Jungen etwa zwanzig, alle gutaussehend und geschniegelt. Natürlich stand Angelina im Mittelpunkt, sie wurde zu allen Tänzen aufgefordert, lachte, lächelte, wurde ernst, schaute interessiert, schaute gleichgültig. Und wir waren die Aushilfen, wenn Angelina zu beschäftigt war und sich nicht um alle kümmern konnte.

Der einzige, der sich für mich zu interessieren schien,

war Nicola, ein zwanzigjähriger Junge, sehr dunkel, aber mit Augen wie himmelblauer Kristall. Ich tanzte nur mit ihm und erzählte ihm von mir, wobei ich es sorgsam vermied, auf meine Familie zu sprechen zu kommen. Nicola war sehr nett, er schaute mir in die Augen, und ich vergaß alle Regeln, dann faßte ich mich wieder und sah ihm auf den Mund, hielt dabei die Lippen halb geöffnet, und er fing an, mich zu betatschen, da schlüpfte ich voll in meine Rolle: Ich sah ihn an und tadelte ihn schelmisch, und natürlich berührte er mich ein paar Minuten später wieder.

Inzwischen war es 19.30 Uhr geworden, und ich mußte gehen. Angelina lag auf einem Sessel, ein Junge küßte sie. Ich machte mir Sorgen, weil ich ihre Eltern noch nicht gesehen hatte, und schweren Herzens ging ich zu ihr hin.

Sie sagte, ihre Eltern seien oben, im Schlafzimmer, und hätten bestimmt keine Zeit, mich heimzufahren. Ich geriet in Panik. Aber Angelina fügte hinzu, sie würde Nicola sagen, er solle mich heimfahren, und sie lächelte schelmisch.

Nicola sagte gerne ja und schaute Angelina dankbar an. Ich fürchtete wegen meines Vaters, daß er ihn sehen könnte, war aber trotzdem einverstanden, weil ich nicht zu Fuß nach Hause gehen konnte und weil ich mit ihm allein sein wollte. Ich zog mich sofort aus und wusch mir das Gesicht. Nicola umarmte mich und ließ mich in den Wagen steigen.

Auf dem Weg fing er an, mir Komplimente zu machen und mein Bein zu berühren und sagte immer wieder: *»U sa che ti sta facennu bbona?* Weißt du, daß aus dir ein schönes Mädchen wird?«

Ich schob seine Hand nicht weg und wurde rot. Wir kamen zu Hause an, und er fragte mich, ob wir uns am nächsten Tag wiedersehen könnten, aber ich wußte nicht einmal, ob ich noch am Leben sein würde, am nächsten Tag! Natürlich antwortete ich mit Ja. Er versuchte mich zu küssen, und ich stieg sofort aus.

Mein Vater wartete auf dem Balkon auf mich und schaute auf das Auto. Als ich die drei Stufen hinaufging, zitterte ich, aber mein Vater hatte Nicola nicht sehen können. Er hatte nur das Auto gesehen und wartete auf mich, um mich mit seinen forschenden Augen zu mustern. Wie üblich stellte er keine Fragen; ich fühlte mich beobachtet und schmutzig. Dann löschte er das Licht, und ich ging ins Bett.

Tags darauf in der Klasse schauten mich alle meine Klassenkameradinnen zweideutig, aber respektvoll an. In der großen Pause überhäuften sie mich mit Fragen: »*Cchi facistuvu? Ti vasà? Ti tuccà? Unni? Unni?* Was habt ihr gemacht? Hat er dich geküßt? Hat er dich angefaßt? Wo? Wo?« Und diesmal war *ich* die Heldin, die sich wand, so gut es ging, um keine zu benachteiligen, wobei ich aber immer noch einen Hauch Geheimnis bestehenließ.

Dann kam Angelina dazu und sagte mir, Nicola habe mit ihr gesprochen und ihr von der Verabredung erzählt. Auch Angelina hatte an diesem Nachmittag eine Verabredung, mit Enzo, der nicht der Junge war, mit dem ich sie auf der Couch gesehen hatte.

Wir beschlossen, die Ausrede mit der Materialsammlung für die Schule zu wiederholen und alle miteinander auszugehen.

Mein Vater ließ sich auch diesmal überreden, und um 16.30 Uhr gingen wir weg. Ich hatte keine Zeit, mich bei Angelina zu Hause umzuziehen, weil wir die Verabredung um 17 Uhr an der Kleinen Villa hatten. Das heißt aber nicht, daß wir pünktlich kamen, wir blieben nämlich eine Viertelstunde hinter der Kleinen Villa stehen, »um uns rar zu machen«, wie Angelina sich ausdrückte.

Endlich trafen wir sie und setzten uns alle auf eine Bank. Enzo begrüßte Angelina und berührte dazu ihren Busen, und Nicola wollte das gleiche tun. Angelina ließ es geschehen. Ich ließ es geschehen. Enzo küßte sie, sie küßten sich. Nicola küßte mich, wir küßten uns.

Nicola war ein Junge, und das genügte mir. Er hätte Giuseppe, Giovanni oder Angelo sein können, das hätte auch nichts geändert... Ich hätte ihn genauso geküßt, mich von ihm genauso berühren lassen und genauso in der Nacht nicht an ihn gedacht. Die Nacht gehörte nur mir allein, sie war dazu da, daß ich an meine Träume dachte, und niemand war bei mir. An Nicola habe ich nie gedacht, er war das Sprungbrett. Und wir redeten nicht, über gar nichts. Auf dieser Bank sitzend handelte er, und ich wartete darauf, daß er handelte. Ich fühlte nichts, sein Kuß war das Eindringen einer Zunge, die sich bewegte und in meinem Mund herumwanderte...

Aber da kam ein älterer Herr vorbei, blieb stehen, kam

heran und gab mir eine Ohrfeige und schrie: »*Buttana! Bagascia!* Nutte! Dirne!« Er war ein Onkel von mir. Er packte mich am Arm und schleifte mich so die ganze Strecke bis nach Hause. Und der Schmerz war so groß, daß ich nicht einmal an die Folgen denken konnte.

Mein Vater war auf dem Feld, meine Mutter bügelte gerade. Mein Onkel redete, und ich habe noch jetzt den Abdruck des Bügeleisens auf meinem einen Arm. Meine Mutter geriet in Weißglut, während ich in mein Zimmerchen lief und hinter mir zusperrte. Mein Vater ließ nicht auf sich warten und kündigte sich durch schreckliche Schläge gegen die Tür und durch hitzige Tiraden an. Ich machte die Tür nicht auf, und mein Vater trat sie ein. Ich dachte daran, daß wir keine Vorhänge mehr in Reserve hatten, dann fingen die Gürtelhiebe an, und ich dachte nicht mehr.

Als ich wieder zu Bewußtsein kam, begriff ich, daß mein schulisches Leben ein Ende gefunden hatte und daß mein erster Traum dabei war, in Erfüllung zu gehen: Ich war eingesperrt. Auch der zweite hatte sich erfüllt, zumindest aus der Sicht meiner Eltern: Ich war eine Nutte. Und wie eine solche wurde ich behandelt. Ich blieb in den vier schwarzen Wänden, am Webstuhl und vor den Einmachtomaten. Ich mußte mich rehabilitieren, meine Verfehlungen vergessen machen und meinem Vater die Zeit geben, jenen heiligen Mann zu finden, der über meine Vergangenheit hinwegsehen und mich zu seiner Braut erwählen würde. Das war zwar nicht gerade mein

Wunsch, aber Nutten haben keine Wünsche oder Meinungen, und niemand kam es in den Sinn, mich danach zu fragen.

Jeder Tag brachte eine Gewalttat mehr, die mein Verstand erleiden mußte, und ich kam zu dem Punkt, daß ich mir wirklich einen Ehemann wünschte, um das Schweigen meines Vaters und das Weinen meiner Mutter nicht länger ertragen zu müssen.

Es begann mit leisem, fast unmerklichem Schluchzen, nahm dann an Intensität zu, bis es zu Flüssen, ja Ozeanen an Tränen anschwoll. Sie sagte immer wieder, sie hätte nie geglaubt, daß ihre Tochter, ausgerechnet ihre Tochter, und da brach sie in Tränen aus. Ich war wirklich drauf und dran einzusehen, daß ich etwas Schreckliches gemacht hatte, wenn da nicht dieser Teil von mir gewesen wäre, derjenige, der Zeit, Raum und Gewalttätigkeiten zum Trotz überlebt, da war dieser Teil von mir, der wußte, daß er nichts Falsches getan hatte, jedenfalls ihnen gegenüber nicht. Und das war der Teil, der mich daran hinderte, das alles zu akzeptieren.

Dennoch, trotz all meiner Willenskraft, war es eine Qual, diesen Angriffen von seiten meiner Mutter standzuhalten. Das Schlimme war, daß sie es nicht spielte, daß es ihr wirklich bei dem Gedanken schlecht ging, daß ihre einzige Tochter, für die sie sich immer eine allerbeste Partie vorgestellt hatte, jetzt in aller Munde war. Natürlich war ich nicht in aller Munde, bei den Verwandten schon eher, und das reichte, um meine Mutter zu quälen.

Mein Onkel Raffaele hatte sich die reizvolle Gelegenheit nicht nehmen lassen, den Namen seines verhaßten

Bruders mit Schmutz zu bewerfen. Und meine Mutter ging seit einem Monat nicht aus dem Haus (es war schon ein Monat vergangen seit der Schandtat!), außer es war unbedingt nötig, und wenn, dann hielt sie die Augen gesenkt, wie alle Mütter der Entehrten. Aber die Verwandten, ihre und meines Vaters Schwester und Brüder, gönnten ihr keine Ruhe: Sie kamen zu jeder Tageszeit zu Trostbesuchen.

Diesmal an der Reihe war Tante Nunziatina mit ihren tiefgründigen Sinnsprüchen (*»Co pratica u zoppu, all'annu zuppichià*, wer mit einem Hinkenden Umgang hat, hinkt noch im selben Jahr selber«); Tante 'Ntunina, die den ganzen Besuch lang, jedesmal mehr als eine Stunde, nicht aus dem Weinen herauskam; Tante Milina, die sich über die Jugend insgesamt beklagte und der guten alten Zeit nachweinte, als es noch die Eltern waren, die die Ehemänner und Ehefrauen aussuchten; Tante Ciccina, die meiner Mutter zu essen brachte, als wäre sie eine Kranke in der Genesungszeit, und die immer sagte, mit vollem Bauch ließe sich der Schmerz besser ertragen. Nur Onkel Totò und seine Frau Mimmina vermieden es peinlich, uns zu besuchen oder auch nur in unsere Gegend zu kommen, weil das Thema wieder an Cettina hätte denken lassen, ihre sechzehnjährige Tochter, die ein paar Monate zuvor mit dem Sohn von *mastru* Giovanni, dem Maurer, durchgebrannt war; man hatte noch immer keine Nachricht von ihr, und die Polizei wollten sie nicht benachrichtigen, damit es nicht das ganze Dorf erfuhr, obwohl wir alle wußten, daß es keinen einzigen gab, der nicht über die Missetat tratschte.

Meine Mutter war ihnen dankbar, daß sie es sich verkniffen hatten zu kommen, weil sie diese schmerzliche Gemeinsamkeit wirklich nicht hätte ertragen können, sie wollte allein sein...

Wer sagt, geteiltes Leid sei halbes Leid? Meine Mutter litt und ertrug es nicht, daß einer daherkam und ihr erklärte, wie und warum sie leiden mußte, oder, noch schlimmer, daß einer versuchte, sie zu trösten: Sie wollte nicht getröstet werden, sie wollte nicht, daß man sie am Weinen hinderte!...

Während dieser Besuche versuchte sie, sich gleichgültig zu verhalten, als hätte sie keine Tochter mehr, und immer wieder sagte sie, mehr zu sich selbst als zu den anderen: »*A mè figlia murìa un misi fa... Ora, ia unn'haiu cchiù figlia!* Meine Tochter ist vor einem Monat gestorben... Jetzt habe ich keine Tochter mehr!« Aber an dieser Stelle brach sie in Tränen aus und mußte die Demütigung falscher Ermutigungen, falscher Trostworte über sich ergehen lassen, und dann mußte sie einem jeden danken, obwohl sie wußte, daß, kaum hatten sie einen Fuß aus ihrer Tür gesetzt, sie sich freuen und es genießen würden, wie sie es nach dem Besuch bei Onkel Totò selbst genossen hatte.

Ich erinnere mich noch gut an ihr zufriedenes Lächeln, ihre ironischen Worte, ihre boshafte Genugtuung, wie sie nach Hause kam. Wie sollte sie jetzt ertragen, daß auf einem anderen Mund das gleiche zufriedene Lächeln lag, noch dazu, wenn sie daran dachte, daß diesmal sie die Gelegenheit für diesen Genuß bot? Wie es ertragen, daß jedes Lächeln, jeder Blick der Leute ein Akt boshaften

Mitleids sein mußte? Wie es ertragen, niemals ein Wort der Entschuldigung oder der Reue zu hören aus dem Munde dieser entehrten Tochter, die trotz allem weiter aß, trank, kackte, pinkelte, also lebte? Wie das alles ertragen?

Und meine Mutter konnte es auf Dauer wirklich nicht ertragen.

Zu dem immer weniger unterdrückten und immer heftigeren und ozeanischeren Weinen kamen jetzt Schreie, Seufzer und plötzliches Zusammenbrechen hinzu, mit ebenso plötzlichem Aufstehen und wieder Niederfallen, den ganzen Tag über. Meine Mutter machte jetzt nicht einmal mehr das Essen, mit der Folge, daß zu ihren Schreien die Schreie meines Vaters hinzukamen.

Ich verfolgte das alles von hinter der Tür oder, besser gesagt, von hinter dem (aus einem alten Leintuch gemachten) Vorhang meines Zimmers, das ich nur verließ, um ins Bad zu gehen. Ich sah daher das Zusammenbrechen meiner Mutter nicht aus der Nähe, was man einerseits als Glück ansehen konnte, weil es mir ersparte, dieser Zerfleischung beizuwohnen, auf der anderen Seite erhöhte es seine Tragweite, denn meine Phantasie steigerte einen einfachen Sturz in eine Kopfverletzung, ein Verbluten oder etwas ähnlich Schreckliches.

Während eines dieser Stürze machte ich mir ernstlich Sorgen. Üblicherweise brauchte meine Mutter fünf, sechs oder höchstens sieben Sekunden, um wieder aufzustehen und weiter zu schreien; diesmal hörte ich sie hinfallen, und auf ihren Sturz folgte das Geräusch eines zerbrechenden Tellers.

Hätte ich in einem anderen Haus gelebt, hätte ich denken können, daß meine Mutter in einem Wutanfall den Teller zu Boden geworfen hatte, weil sie keine andere Möglichkeit fand, sich abzureagieren, aber ich lebte schon mehr als 15 Jahre in diesem Haus und wußte um die Tragödien, wenn einem von uns durch einen verhängnisvollen Zufall ein Glas aus der Hand rutschte. Nicht auszudenken ein Teller, wo unsere Teller doch abgezählt waren... Nicht einmal in einem Anfall von Wahnsinn, da war ich mir sicher, hätte meine Mutter einen Teller zerbrochen. Außerdem, was besonders beunruhigend war, wollte meine Mutter nicht wieder aufstehen.

Die ersten zehn Sekunden machte ich mir keine Sorgen, weil eine solche Verzögerung noch normal sein konnte; aber als es zwanzig und dann dreißig und dann noch mehr Sekunden waren (ich hörte auf, sie zu zählen, weil ich zu unruhig war), begann meine Phantasie sich in die düstersten Winkel meines Verstands zu wühlen...

Da sah ich meine Mutter in einem See aus Blut liegen, ich berührte sie, ich schüttelte sie, und in diesem Augenblick kamen mein Vater und irgendein Onkel daher (natürlich wäre die Tür aus irgendeinem unglückseligen Zufall offen gestanden) und fand mich mit dem leblosen Körper meiner Mutter, Hände und Kleid verschmiert von ihrem Blut... Ich wäre des Muttermordes angeklagt worden, unmittelbar anschließend (der Langwierigkeit von Gerichtsverfahren zum Trotz) zu Zuchthaus verurteilt und in ein schmuddeliges Gefängnis eingesperrt worden, schmutzig und klein, zusammen mit schlimmen

Subjekten... Vergeblich würde ich mit lauter Stimme meine Unschuld beteuern, niemand würde mir je Glauben schenken und niemand käme mich je besuchen in den heimatlichen Kerkern...

All das dachte ich von der zwanzigsten bis dreißigsten Sekunde; von der dreißigsten bis etwa zur fünfzigsten dachte ich an eine andere Hypothese wie in einem Krimi, eine Hypothese, in der ich diesmal Opfer und nicht mehr Mörderin war: Meine Mutter hatte so getan, als sei sie hingefallen, und hatte den Teller zerbrochen, um meine Aufmerksamkeit zu erregen, mich aus meinen vier Wänden zu locken und ohne Erbarmen zu töten und dann einen Unfall mit dem berühmten Teller zu inszenieren... Aber dann dachte ich daran, daß meine Mutter nie einen Krimi gesehen hatte, noch ein Buch von Agatha Christie gelesen hatte, und daß ihre Phantasie sich nur am Klatsch entwickelt hatte...

Da ich nicht weiter in dieser Ungewißheit bleiben konnte und um zu verhindern, daß *meine* Phantasie in Richtung auf immer unwahrscheinlichere und düsterere Hypothesen galoppierte, beschloß ich, meine vier Wände zu verlassen und einen Blick zu riskieren.

Die Szene, die sich mir bot, war wirklich düster und schien meinen beiden Hypothesen Nahrung zu geben: Meine Mutter lag ausgestreckt neben dem Tisch auf dem Boden, mit geöffneten Händen eine Tellerscherbe berührend! Dies ließ mich an die erste Hypothese denken, doch während ich mich meiner Mutter näherte, begann ihre Hand plötzlich mit immer größerer Kraft die Tellerscherbe zu umklammern, und da dachte ich wirklich, sie wollte mich töten, und vergaß die Erklärungen, mit denen ich mir die Unmöglichkeit eines solchen Ereignisses eingeredet hatte.

Instinktiv trat ich ein paar Schritte zurück, während meine Mutter versuchte aufzustehen.

Mit etwas Mühe und sich auf den Tisch stützend, schaffte sie es, auf die Beine zu kommen. Sie drehte sich zu mir um und sah mich, fuhr leicht zusammen vor Angst, und darum beruhigte ich mich (wenn sie überrascht ist, heißt das, daß sie nichts vorgetäuscht hatte, um mich zu töten); dann, kaum daß sie mich erblickte, sah sie wieder meinen Onkel Raffaele, wie er mich beim Arm hielt und ihr sagte, er habe mich bei der Kleinen Villa mit einem Jungen huren sehen; und da erholte sie sich davon, was wahrscheinlich ein vorübergehendes Übelsein gewesen war, kam auf mich zu und suchte dabei mit den Augen nach etwas, womit sie mich treffen konnte. Während ich auf diesem engen Raum hin und her lief und nach einem Winkel suchte, in dem ich sicher wäre vor ihrem Zorn, ließ sie ihrer Wut freien Lauf und warf mir, als seien es Schuhe, Gläser, Teller, Vasen, die schlimmsten Verfluchungen entgegen, die ihr Kopf und ihr Herz enthielten, ganz schnell vor lauter Angst, daß die letzte Verwünschung, die ihr gerade eben in den Kopf gekommen war, verflog, ohne daß sie sie mir hätte entgegenschleudern können. Ein einziges »Verrecken sollst du!«, »Von einem Auto zerquetscht sollen sie dich heimbringen!«, »Verrecken sollst du wie die erste Dorfnutte!« prasselte auf mich nieder, daß man die verschiedenen *buttana, bagascia* und *zoccula*, miese Straßennutte, nicht mehr zählen konnte.

Ich lief und lief und flüchtete, denn meine Mutter blieb ja nicht stehen, während sie schrie, dieses Laufen feuerte sie im Gegenteil immer mehr an, denn weil sie sich nicht abreagieren konnte, wie sie wollte, also mich für ein paar Minuten lang gegen den Teppich einzutauschen und mich gehörig durchzuklopfen, wurde ihre Wut bei jedem Umlauf stärker, bis sie ins Schlafzimmer kam und sich wie einen Sack auf das Ehebett fallen ließ.

Ich glaube nicht, daß sie aus Müdigkeit aufhörte, die Ausdauer meiner Mutter kenne ich nur allzu gut! (Ich habe ihre Folgen zu oft zu spüren bekommen.) Ich glaube eher, daß sie aufhörte, weil sie keine weiteren originellen Beschimpfungen mehr auf Lager hatte: Ich hatte schon bei der vorletzten Runde bemerkt, daß sie zu wiederholen anfing, »Verrecken sollst du«. Nachdem ich mindestens Dreiviertel meiner Kindheit damit zugebracht habe, mit meinen Cousins und Cousinen zu streiten, weiß ich, wie entmutigend es ist, dieselben Schimpfworte wiederverwenden zu müssen, die man schon eine Minute zuvor ausgesprochen hat, vor allem, wenn einem jemand zuschaut! Sie sind alle enttäuscht, sie erwarten sich ein wenig mehr Erfindungsreichtum von dir, und am Ende vergißt du, worum es bei dem Streit ging, mit wem du streitest und alles andere und denkst nur noch daran, ein neues Wort zu finden, um deinen guten Ruf wiederherzustellen... Wenn du es dann gefunden hast, war dir der Triumph gewiß: für dich, der du einen Beweis für deine

Phantasie und deinen gewählten Wortschatz liefern konntest, für deine Freunde, die auf dich, den Helden des Worts, stolz waren, und auch für deinen Gegner, der sich geehrt fühlen konnte, mit einer so hochstehenden Person gekämpft zu haben, und der dadurch ermutigt war, seinerseits weitere Worte zu suchen, um sich nicht zu blamieren und deiner würdig zu sein.

Ich verstand meine Mutter. Aber ich blieb gewiß nicht stehen, um ihr das zu sagen: Ich dachte, dies wäre nicht der geeignete Moment und vor allem nicht der gesündeste für mich, ihr meine Solidarität auszudrücken. Ich trat den Rückzug an und kehrte in meine vier Wände zurück.

Leider konnte ich diesen Vorfall nicht für den Rest meines Lebens als eines der vielen Rennen durch die Wohnung, um dem Zorn meiner Mutter zu entgehen, in Erinnerung behalten (wie ich gehofft hatte), sondern ich mußte es in Erinnerung behalten als den Anfang einer neuen Phase in meinem Leben. Meine Mutter schrie nämlich jetzt von ihrem Bett her, daß sie mich nicht mehr in ihrem Hause haben wolle, daß ich ihr zehn, von wegen zehn!, zwanzig, von wegen zwanzig!, dreißig Jahre ihres Lebens stehlen würde, daß ich sterben sollte und nicht sie; aber dann überlegte sie es sich anders und fügte hinzu, »*l'erva tinta un mora mai*, Unkraut vergeht nicht«, und weinte und schrie wieder.

So fand sie mein Vater vor, als er nach Hause kam, und deshalb beschlossen sie, daß ich nicht mehr bei ihnen leben konnte.

Mein Vater traf diese drastische Entscheidung sicherlich nicht aus Mitleid für meine Mutter oder weil er meine Anwesenheit im Hause nicht mehr ertragen konnte, außerdem hatte er sich immer so verhalten, als gäbe es mich nicht, und das war ihm überhaupt nicht schwergefallen. Der wirkliche Grund für diese Entscheidung war, daß meine Mutter jetzt schon seit einer Woche nichts mehr gekocht hatte und die Wohnung nicht mehr putzte, und er immer müde vom Feld heimkam und sich nicht nur selbst etwas kochen, sondern auch versuchen mußte, seine Frau zum Essen zu bewegen.

Für mich änderte sich nichts, weil ich mich aus Dosen ernährte oder von Wurst und Käse, die ich nachts heimlich besorgte und dabei aufpaßte, daß mich keiner hörte.

Sie beschlossen also, mich woandershin zu schicken. Das Problem war jetzt, wohin mich schicken, ohne daß die Gefahr bestand, daß man mich wiedersah oder noch von mir reden hörte.

Ich bekam wie üblich alles mit und paßte auf, kein Wort von ihrer Unterhaltung zu verpassen; ich dachte auch darüber nach, wohin ich gehen könnte, und war glücklich bei dem Gedanken, daß ich eine ganze Weile das Weinen und Schreien meiner Mutter nicht mehr hören würde.

Freilich konnte ich nicht hoffen, daß sie mich nach Rom schickten, zu meiner Tante Camilla... aber warum eigentlich nicht? Ich wäre schön weit weg gewesen, und sie würden keine Gelegenheit haben, von mir reden zu hören, wenn sie es nicht wollten. Nun, es war dumm, diesen Gedanken auch nur entfernt ins Auge zu fassen: Rom war gleichbedeutend mit Verworfenheit, und mein Vater sagte das immer wieder, wenn Tante Camilla uns mit ihrem Mann und ihren Kindern, die alle Freiheiten genossen, besuchen kam. Wohin sollten sie mich dann schicken?

Ich erfuhr es ein paar Tage später. Meine Mutter kochte noch immer nicht und kümmerte sich weiter nicht um den Haushalt, und mein Vater versuchte, die Dinge möglichst zu beschleunigen.

Er kam wie üblich heim, war wie üblich müde, fragte, was es zu essen gebe. Meine Mutter gab ihm zur Antwort, sie habe nichts vorbereitet, weil sie sich nicht wohl gefühlt habe, wie üblich. Er schrie und fluchte wie üblich, dann setzte er sich hin und machte sich etwas zu essen.

Bevor er anfing, rief er nach meiner Mutter, die auf dem Bett lag. Sie mußte sich zu ihm setzen. Und dann sagte er so ungefähr: »Heute habe ich meinen Schwager gesehen... Vincenzino.«

»Er hat es gewußt, nicht wahr? Sogar er hat es gewußt, nicht wahr?«

»Hör zu, fang jetzt nicht mit deinen ewigen Geschichten an, laß mich ausreden... Ja, er hat es gewußt... Bitte, ich hab's dir schon gesagt, fang nicht an zu weinen, du weißt, ich kann es nicht ertragen, wenn du weinst!« Und er drehte sich auf die andere Seite. Er biß in ein Stück Brot und sagte: »Sogar den Appetit läßt du mir vergehen...«

Da trocknete sich meine Mutter die letzten beiden Tränen ab und sagte: »Los, ich hab' schon aufgehört, ich hör schon auf... Also, red schon...«

»Hoffentlich bist du wirklich fertig... Also, wie ich schon sagte... Ah, ich habe Vincenzino getroffen, und er hat mich gefragt, ob die Sache mit Annetta wahr ist... Wenn du nicht aufhörst, sag' ich gar nichts mehr, ist das klar? Wo war ich gerade? Siehst du, jetzt habe ich deinetwegen den Faden verloren, Schweiner...«

Am liebsten hätte ich ihm das ganze Gespräch Wort für Wort eingeflüstert, ich war drauf und dran rauszukommen, weil ich es nicht mehr erwarten konnte.

»Bist du endlich fertig? Ohhh... Also, Vincenzino hat zu mir gesagt, daß er nicht gekommen ist, weil es Vannina nicht gut ging... Also habe ich zu ihm gesagt, daß es dir auch nicht gut gegangen ist... Und er hat mich gefragt, wieso... Dann hab' ich ihm eben alles erzählt, und er hat mir geantwortet, daß sie Annetta zu sich nehmen könnten... Er hat mir gesagt, daß das kein Problem für sie ist, weil es Giovanna noch überhaupt nicht gut geht und sie eine Hilfe für die Hausarbeit brauchen könnte, und daß sie sie behalten, solange wir wollen...«

»Und du, was hast du geantwortet?« fragte meine Mutter.

»Meinetwegen können sie sie für immer behalten...«

Ich hatte still zugehört, auch weil ich nicht ein Wort ihres Gesprächs verpassen wollte, aber jetzt konnte ich nicht mehr widerstehen, und wie von einem Wahn besessen kam ich raus und schrie: »NEIN! Zu Onkel Vincenzino geh' ich nicht, da geh' ich nicht hin und da geh' ich nicht hin!«

Sobald mich meine Mutter sah, stürzte sie auf mich zu und beschimpfte mich.

Mein Vater dagegen versuchte, sie zu beruhigen und sagte: »Ruhe, Ruhe, hören wir, warum sie nicht hin will.«

Aber ich sagte nichts, weil mich die Sache zu verlegen machte.

Mein Vater drängte mich und kümmerte sich nicht um die Schamhaftigkeit eines jungen Mädchens: »Also? Warum willst du nicht hin? Die Zeiten sind vorbei, wo du deine Launen ausleben und alles nach deinem Kopf machen kannst. Hier habe ich das Sagen, und gemacht wird, was ich sage... Morgen gehst du da hin!«

»Da bring' ich mich lieber um... Ihr wißt, warum ich da nicht hin will!«

»Sei still, du bist nicht nur eine Nutte, sondern auch eine Lügnerin.«

Ich ging in mein Zimmer, um zu weinen und nachzudenken. An die Geschichte von vor sechs Jahren denken, von der ich geglaubt hatte, sie wäre für immer vergessen und vorbei.

Ich war noch keine zehn. Zu dieser Zeit lebte ich weniger bei meinen Eltern als bei meiner Oma, der Mutter meines Vaters. Wir waren eine Familie, die zusammenhielt: In diesem Haus trafen sich die Brüder und Schwestern meines Vaters mit ihren Kindern. Ich war die Lieblingsenkelin meiner Oma und die Lieblingsnichte meiner Onkel und Tanten. Sie nannten sie sogar »die Oma von Anetta«. Meine Onkel und Tanten kümmerten sich mehr um mich als um ihre eigenen Kinder, sie verhätschelten mich und taten alles für mich.

Es war eine wirklich glückliche Zeit in meinem Leben: Ich kam aus der Schule, ging zu meiner Oma, die wenige Schritte weiter wohnte, und blieb dort den ganzen Nachmittag und Abend; manchmal schlief ich sogar dort. Die Nachmittage verbrachte ich heiter und fröhlich mit meinen Cousins und meinen Freunden. Manchmal gingen wir zu meiner Tante Vannina, die uns Spiele zeigte oder uns Geistergeschichten erzählte.

Meine Tante Vannina war die jüngere Schwester meines Vaters und hatte einen heiteren und in mancher Hinsicht ein wenig kindlichen Charakter. Für uns Kinder war es ein Fest, wenn wir zu ihr gehen durften, weil wir uns da mehr geliebt fühlten als bei uns zu Hause. Sie kam nicht nur auf unsere Ebene herunter und spielte mit uns, sondern ließ uns sogar zu ihrer Ebene hinaufkommen und uns erwachsen fühlen: Sie ließ uns Treppen putzen, Teller spülen und Wäsche waschen und gab uns nichts dafür, und wir beklagten uns nicht nur nicht, sondern baten sie sogar selbst darum, uns diese Arbeiten machen zu lassen, vor denen wir zu Hause wie vor der Pest flüchteten. Aber sie hatte ihre Methode und viel Geduld.

Ich erinnere mich an kein einziges Mal, wo sie ihre Hand gegen einen von uns erhoben hätte; wenn sie uns tadelte, tat sie es sanft, und sie liebte uns alle auf die gleiche Weise oder ließ es jedenfalls so aussehen, deshalb entstand kein Streit, und niemand brauchte sich hervorzutun, um ihre Liebe zu ergattern: Wir hatten sie schon, ihre Liebe, und alle auf die gleiche Weise. Nicht einmal ihre Kinder behandelte sie besser als uns: Sie war die Tante Vannina von uns allen. Sie lebte in einem alten

Haus in der Nähe von meiner Großmutter, deshalb kam es oft vor, daß nachmittags die wenigen Zimmer der Tante von einem Schwarm Kinder mit Eimern, Schwämmen und Lappen in der Hand wimmelten.

Ich war sehr gern bei ihr, weil sie gutmütig und lustig war, aber meine Oma mochte ich viel lieber, obwohl meine Oma nicht besonders gerecht war, ganz im Gegenteil! Sie mochte mich lieber als alle anderen und verpaßte keine Gelegenheit, das auch zu zeigen, sogar wenn die anderen Enkel mit ihren jeweiligen Eltern dabeiwaren. Ehrlich gesagt, zu der Zeit bemerkte ich diese Ungerechtigkeit nicht. Oder wollte sie nicht bemerken. Die anderen kamen natürlich besser mit meiner Tante aus.

Oft kam es jedenfalls vor, daß Tante Vannina mich einlud, bei ihr zu Hause zu übernachten, und meine Eltern erlaubten mir hinzugehen. Wie gesagt, wohnte meine Tante in der Nähe meiner Oma, daher machte es meinen Eltern nicht viel aus, und sie sorgten sich nicht. Dann zog meine Tante um, in eine Gegend auf der anderen Seite des Dorfes. Es war nicht mehr so einfach, zu ihr zu gehen: Es mußte ein wichtiger Grund vorhanden sein, um zu ihr nach Hause zu gehen.

Ich dachte wehmütig an diese Nachmittage, und wahrscheinlich muß ich auch meiner Tante ein bißchen gefehlt haben, als sie mich eines Tages einlud, ein paar Tage bei ihr zu verbringen. Sie selbst sprach darüber mit meinem Vater und schaffte es, ihn schließlich zu überreden, nachdem er mehrmals nein gesagt hatte, eher um seine Pflicht als Vater zu erfüllen denn aus wirklicher Angst vor irgend etwas.

Eine gefährlichere und unerwartete Klippe war meine Oma, sie war entschieden dagegen, weil sie es nicht aushielt, mich mehr als 12 Stunden lang so weit weg zu wissen. Ich sprach mit ihr und überredete sie, wobei ich auf ihre mir gegenüber mehr als mütterliche Liebe anspielte und dort den Hebel ansetzte. Da ließ sie ihre Ängste und ihren Egoismus beiseite und ließ mich gehen.

Das Haus meiner Tante stand in der Nähe des Weihers und war ein mehr ländliches Mietshaus: Es war umgeben von Grün und von Bäumen; am frühen Morgen kamen dort sogar Hirten vorbei, die vor unseren Augen die frische Milch molken. Ich war glücklich, diese Tage bei ihr zu Hause verbringen zu dürfen, ich fühlte mich auserwählt, weil ich als einzige ihrer Nichten und Neffen eingeladen worden war.

Mein Onkel Vincenzino war genau das Gegenteil seiner Frau: So nett und rührig sie war, so gleichgültig war er, er war ein Tagedieb. Ich erinnere mich, als sie noch in der Nähe meiner Oma wohnten, wie meine Tante immer bis spätabends auf ihn wartete, und einmal nahm sie mich mit in eine Bar, um ihn betrunken nach Hause zu bringen. Meine Tante betete ihre Töchter an, und für sie war ihr jede Arbeit recht, damit sie das Fehlen von Arbeit und Arbeitswillen ihres Mannes ausgleichen konnte. Ihre finanzielle Lage war schwierig; einmal war eine meiner Cousinen sogar zum Lebensmittelladen gegangen und bat, ein belegtes Brötchen anzuschreiben; man schickte sie mit groben Worten fort, dabei hatte sie nicht bloß Appetit, sondern Hunger, wirklichen Hunger!

Meine Tante litt ganz fürchterlich unter diesen Demütigungen, sie wollte, daß ihre Kinder alles vom Leben bekamen. Eine gewisse Zeit war Onkel Vincenzo in die Schweiz arbeiten gegangen, aber nach einem Jahr oder so war er ohne eine Lira zurückgekehrt und hatte bloß ein nettes kleines Abenteuer mit einer Schweizerin hinter sich. Um die Töchter, sich selbst und natürlich den Mann durchzubringen, ging meine Tante von Haus zu Haus und gab Kranken ihre Spritzen, putzte Treppen und wachte über den Schlaf geistig verwirrter alter Leute.

Als ich bei ihr zu Hause ankam, empfing sie mich sehr warmherzig, forderte meine Eltern auf hereinzukommen, bot ihnen Käse und Oliven an und schickte mich mit meinen Cousinen spielen. Nach ungefähr einer halben Stunde kamen meine Eltern, um sich von mir zu verabschieden, weil sie gehen mußten. Es war schon spät am Nachmittag, deshalb sagte meine Tante, wir sollten unseren Schlafanzug anziehen, und sie würde uns inzwischen zum Abendbrot Suppe kochen. Es war Winter, und diese dampfenden und duftenden Gerichte vom Land wärmten besser als hundert Decken. Nicht zuletzt, weil meine Tante jeden Löffel mit irgendeiner immer neuen, stets fesselnden Einzelheit aus den alten, nie endenden Geschichten von »Piddu und Puddu« oder »Chidda und Nuddu« würzte.

Wir gingen zu Bett und schliefen sofort ein. Ich habe nie ein Kind erlebt, das unter Schlaflosigkeit gelitten hätte, und ich weiß noch, daß auch ich, zumindest bis dahin, keine Probleme mit dem Einschlafen hatte.

Am nächsten Morgen war ich das einzige Kind zu Hause, weil meine kleinen Cousinen zur Schule gegangen waren, während ich von dieser drückenden Pflicht freigestellt worden war: Diese Tage waren für mich richtige Ferien. Als ich aufstand, sah ich meine Tante in der Tür stehen, ich fragte sie, wo sie hingehe, und sie antwortete, sie gehe kurz Gemüse holen bei einer Nachbarin. Sie fügte hinzu, ich brauchte keine Angst zu haben, weil der Onkel zu Hause wäre und bei mir bleibe.

Ich war in der Küche und blieb dort, um zu frühstükken. Ich saß am Tisch und trank mein Glas frische Kuhmilch, als ich hinter mir etwas spürte, ich drehte mich um – er war es. Ich hatte mich bei ihm immer etwas verlegen gefühlt, weil er mit uns Kindern immer auf Distanz blieb und fast nie mit uns redete.

Er sah mich eine Weile an, ohne etwas zu sagen, dann sagte er zu mir: »*Ti piacia u latti? Unnè bbonu?* Schmeckt dir die Milch? Ist sie nicht gut?«

Ich antwortete mit Ja, trank weiter und war immer noch verlegen.

Dann, ich weiß nicht mehr, wie es sich zutrug, näherte er sich mir, nahm einen Stuhl und setzte sich neben mich. Er hob meinen Rock hoch und führte einen Finger in meine Scheide ein. Ich weiß wirklich nicht mehr, was ich in diesen Minuten dachte; vielleicht hat Freud recht, wenn er von Verdrängung spricht, denn die Bilder dieses Vorfalls kommen mir verschwommen vor Augen, und die Worte, an die ich mich zu erinnern glaube, dröhnen, als gäbe es in diesem Zimmer ein Echo und die Laute würden ins Riesenhafte gesteigert, so daß ich ihren Sinn nicht begreifen kann.

Ich weiß nicht mehr, wie lange das alles dauerte und ob der Onkel in dieser Zeit etwas sagte. Ich weiß aber noch, und daran erinnere ich mich mit absoluter Gewißheit, daß ich nicht zu ihm sagte, er solle damit aufhören, noch daß ich etwas tat, damit er aufhörte.

Dann kam meine Tante, und er sagte zu mir, während er aufstand: »*Poi continuammu*. Später machen wir weiter.«

An diesem Abend kam mein Vater mit meiner Oma, und ich ging fort.

Ich hatte nicht begriffen, was geschehen war. Ich hatte es damals nicht begriffen, während es geschah, und ich begriff es noch lange Zeit nicht.

Das ist nicht verwunderlich: Ich war fast zehn Jahre alt, das ist wahr, aber wer sollte mir erklären, daß das, was man mir getan hatte, böse war? Meine Oma? Sie war erwachsen, alt und außerdem war es nicht ihre Aufgabe. Meine Mutter? Ich habe schon erzählt, wie sie mir die Menstruation erklärte...

Ich war also beinahe vergewaltigt worden, über mir schwebte das Damoklesschwert eines nächsten Versuchs, sobald sich nur die Gelegenheit dazu ergeben würde, und ich wußte das nicht. Und ich dachte auch nicht im entferntesten daran, auch weil er mich nicht bedrohte, noch mir befahl, es für mich zu behalten; also, wenn es nichts war, das man verbergen mußte, war es nichts Böses. Und wenn es nichts war, das man verbergen mußte, dann war es auch nicht wert, daß man es erzählte.

So vergaß ich den Vorfall oder, besser gesagt, glaubte ich, ihn vergessen zu haben, bis ein paar Monate später meine Cousine Rosa anfing, mir von Menstruation und von anderen seltsamen Dingen dieser Art zu erzählen. Sie redete von Küssen, von Berührungen, von Schmusen, also kurz und gut von Sex. Da kam mir die seltsame Episode wieder in den Sinn. Und weil ich merkte, daß es irgendwie zu dem paßte, wovon sie redete, erzählte ich ihr den Vorfall, vielleicht aus dieser seltsamen Form von Exhibitionismus heraus, die verlangt, daß du um jeden Preis etwas zu sagen haben mußt, in jeder Situation, einfach nur, um sagen zu können »Ich auch«.

Diesmal war es auf der einen Seite aber gut, daß ich meine Zunge nicht im Zaum halten konnte, denn endlich begriff ich die Bedeutung dessen, was mit mir passiert war. Ich sagte, auf der einen Seite, und das hat seinen Grund: die Reaktion von Rosa. Sie schaute mich entsetzt an und sagte dann: »*Mmmoruuu!!! Chissa è 'na cosa tinta!* O Gott, ist das was Schlimmes!«

Zu dieser Zeit lag meine Oma im Krankenhaus, weil es ihr wenige Tage zuvor sehr schlecht gegangen war. Der Doktor, sehr jung und einen Kaugummi im Mund, hatte gesagt: »Infarkt.« Ich wußte nicht, was ein Infarkt war, aber ich hatte das ruhige Gesicht des Arztes gesehen, und deshalb dachte ich, daß es nichts Ernstes sein konnte.

Als Rosa mir sagte, daß das was Schlimmes sei, hatte ich Angst und konnte mir kein Herz fassen und es meiner Mutter beichten. Ich dachte, sie würde mich schlagen, aber es war nicht nur das: Es machte mich verlegen, eine Sache von dieser Art zur Sprache bringen zu müssen, von der ich wußte, daß es sich um etwas Schmutziges, etwas sehr Schmutziges handelte, wenn Rosa auf diese Weise reagiert hatte.

Also beschloß ich, meiner Oma davon zu erzählen, die sich mir gegenüber immer gutmütig und verständnisvoll gezeigt hatte. Als ich es ihr sagte und meine Oma mich fragte, ob es wahr sei, antwortete ich mit Ja.

»*Porcu! Scannalìa picciliddi!* Schwein! Kinderschänder!« und sie fing an zu weinen.

Drei Tage später starb meine Oma.

Ein paar Tage nach dem Begräbnis rief mich meine Mutter zu sich, die sehr an meiner Oma hing und fragte mich vor meinem Bruder: »Ist es wahr, was du der Oma erzählt hast?«

Aus Verlegenheit antwortete ich nur mit einem Kopfnicken.

»Hättest du das nicht für dich behalten können? Du hast deine Oma ins Grab gebracht!«

Und damit war das Thema beendet und wurde nie wieder aufgegriffen.

Ich habe das nie verstanden: Meinen Eltern schien meine Ehre und die Ehre der Familie so wichtig, wie konnten sie dann das ertragen? Ich sage das nicht meinetwegen, ich sage das ihretwegen. Bei mir ist das auch etwas anderes, denn ich mußte diese Gewalt über Jahre hinweg aushalten: die Gewalt, ihn seelenruhig zu mir nach Hause kommen zu sehen – und er war da willkommen; die Gewalt, seine Worte aushalten zu müssen (wenn ich Tante Vannina einen Kuß gab, zu hören: »Und ich bekomme kein Küßchen?«) und ihm nicht einmal ins Gesicht spucken, meine Würde verteidigen zu dürfen; die Gewalt, ihn nicht vor allen hassen zu können, diesen Vorfall als Konsequenz meiner übertriebenen Naivität betrachten zu sollen, mir seine Schuld und sogar Gottes Schuld aufzuladen, weil ich laut meiner Mutter meine Oma ins Grab gebracht hatte.

Deshalb habe ich diese Erinnerung lieber aus meinem Gedächtnis gestrichen, mich daran gehindert, daran zu denken, und mich deshalb auch daran gehindert, an meine Oma zu denken, die alles war, was ich Schönes und Reines hatte. Und ich bin nicht mehr durch diese Straße gegangen, die Straße meiner Kindheit.

Seitdem leide ich unter Schlaflosigkeit, habe nachts Alpträume und muß bei Licht schlafen. Und mindestens eine Nacht in der Woche träume ich, daß mich der Reihe nach alle meine Onkel vergewaltigen, jede Nacht ein anderer; seit einiger Zeit träume ich, daß mich auch mein Vater und mein Bruder vergewaltigen. Nur von *ihm* träume ich nie.

Sie wollten also, daß ich in sein Haus ging, um dort zu wohnen, obwohl sie wußten, daß da zwischen ihm und mir etwas in der Schwebe geblieben war; obwohl sie wußten, daß er zu mir gesagt hatte: »*Poi continuammu*. Später machen wir weiter.«

Ich hatte immer gedacht, daß meine Eltern mir nicht geglaubt hatten, aber ich konnte mir nicht vorstellen, daß sie mich ausgerechnet zu ihm schickten, um dort wer weiß wie lange zu wohnen. Schon gut, wenn sie mich nicht mehr als ihre Tochter betrachteten, aber gab ihnen das vielleicht das Recht, meine Würde als Person aufs Spiel zu setzen?

Ich verbrachte die ganze Nacht damit zu überlegen, was ich tun sollte: Ich wollte fliehen, die Polizei benachrichtigen, mich von jemandem beschützen lassen, mich umbringen: Irgend etwas, bloß nicht zu ihm gehen, aber mein Vater hatte sich vor dem Vorhang postiert, um jeden Versuch zu vereiteln, mich seinem Willen zu entziehen.

Diese Nacht tat ich natürlich kein Auge zu. Ich hörte, wie das große Pendel der Uhr das Verrinnen der Stunden skandierte, und fühlte mich wie ein Lamm am Ostertag. Ich haßte es, mich so zu fühlen, denn seit ich mir meine Nonnenanwandlungen aus dem Kopf geschlagen hatte, hatte ich auch mit Opfersein nichts mehr am Hut.

Trotz alledem hatten sie jetzt entschieden, was sie mit meinem Leben machen wollten, und ich konnte nichts tun, wirklich nichts. Im übrigen sah ich den Schatten meines Vaters vor dem Vorhang: Da saß er, mit gekreuzten Armen.

Gegen halb vier hatte ich versucht, mit ihm zu reden, ihm meine Ängste darzulegen, und er hatte mir zur Antwort gegeben: »Wovor hast du Angst? Wenn du schon Nutte werden mußt, dann mach deine Sache wenigstens gut! Oder gefällt er dir vielleicht nicht? Ach so, du magst nur Junge, Schöne... Gib dich mit ihm zufrieden und schlaf.«

Ich habe nie verstanden, ob er das ironisch oder ernst

meinte. Und, ehrlich gesagt, ich weiß nicht, was schlimmer wäre: seine Ironie in einem so wichtigen Moment meines Lebens oder der Ernst, mich wirklich in den Schlund dieses hungrigen Wolfs werfen zu wollen, der auf meine Unschuld aus war, das einzige, was ich ihm zu geben hatte.

Ich habe auch nie den Grund für das Verhalten meines Onkels verstanden: Ich hätte es verstehen können, nicht rechtfertigen (rechtfertigen niemals, in keinem Falle), wenn ich eines der Mädchen gewesen wäre, die einer bloß anzusehen braucht und dann ein Feuer in sich spürt, und es fast eine Notwendigkeit ist, sie zu besitzen, vielleicht und noch besser, sie mit Gewalt zu nehmen. Aber ich war gerade eben ein Rotznäschen, eine *vavà da minna*, ein Milch trinkendes Baby, wie man bei uns sagt. Wenn mit fast sechzehn mein Busen beeindruckend platt war, wie muß er dann erst mit zehn ausgesehen haben: pures Flachland! Und ansonsten, ansonsten war da wirklich gar nichts... Was konnte man sich von einem kleinen Mädchen erwarten, das noch nicht einmal am Anfang der Pubertät stand? Aber es ist sinnlos, nach Begründungen zu suchen, die man nur in der Psychoanalyse hätte finden können, wenn nicht gleich in der Psychiatrie...

In diesen Jahren hatte ich nur gelegentlich an den Vorfall denken müssen und spürte Abscheu und Mitleid. Abscheu für ihn, für das, was er war, Mitleid für seine Töchter, die inzwischen fast junge Mädchen sein mußten und deshalb allein schon in seiner Nähe bereits in Gefahr waren... Wenn er es bei mir versucht hatte, warum sollte er es nicht auch mit seinen Töchtern tun? Ob er moralische

Skrupel hätte? Ich glaube nicht, denn ich bin sicher, daß er das Vorgefallene für etwas Normales hielt, sonst hätte er mich wenigstens gebeten zu schweigen. Wer würde meine Cousinen vor ihrem eigenen Vater verteidigen können?...

Jetzt dachte ich wieder an alle diese Dinge und merkte, daß ich das zweite Mal in einer Nacht an einen Vater als an jemanden dachte, vor dem man fliehen muß... Wenn du nicht einmal deinem Vater trauen kannst, wem dann überhaupt noch?

Alle kindlichen Illusionen brachen zusammen, die Märchen von den Bonbons, die man von keinem Fremden annehmen darf, nicht zu Unbekannten in ein Auto steigen... Blödsinn! Ihr hättet uns beibringen sollen, uns vor euch, den Eltern, Verwandten und Freunden in acht zu nehmen, denn gegenüber Fremden ist uns instinktives Mißtrauen angeboren, und wenn eine wirklich so naiv ist, ihr Leben in die Hände des Erstbesten zu legen, der ihr übern Weg läuft, dann muß sie die Schuld für unangenehme Erfahrungen allein bei sich selber suchen. Aber wer hat uns je beigebracht, uns vor euch in acht zu nehmen? Bei wem sollen wir dann die Schuld suchen, wenn ihr uns tötet? Bei unserem unerschütterlichen guten Glauben?

Wenn ich einmal ein Kind habe, werde ich ihm als erstes sagen, daß es sich vor mir und vor seinem Vater in acht nehmen soll. Und das werde ich ihm jeden Tag in jedem Monat in jedem Jahr seines Lebens immer wieder sagen, bis es seinen dummen kindlichen Instinkt abgelegt hat, der einen dazu bringt, sein Leben in die Hände der erstbesten Person zu legen, die einem mit ein paar Worten und noch ein paar Küßchen schöntut; eine Person, die rein zufällig ein Elternteil ist, aber die irgendwer sein könnte, und du würdest sie auf die gleiche Weise liebgewinnen und ihr auf die gleiche Weise dein Leben anvertrauen, weil wir Hunde sind, auf der Suche nach einem Herrn, der uns liebkost, uns prügelt und uns vor allem beschützt. Aber wer beschützt uns vor dem Herrn? Da wird noch ein Herr sein, vor dem wir uns schützen werden müssen, und dann wird noch ein Herr kommen und noch einer, und wir werden nie sicher sein, bis wir begreifen, daß das Leben zu wichtig ist, um es der Willkür einer Person anzuvertrauen, die nicht unser Ich ist.

Das werde ich meinem Kind beibringen: daß es selbst der wirkliche Herr seines Lebens sein soll und sich nie auf jemanden verlassen soll, nicht einmal auf uns, seine Eltern.

Trotz alledem wollte ich nur, daß mein Vater mich umarmte und mir sagte, daß er mich nie verlassen würde, daß er bei mir bleiben würde und mich vor allen Onkel Vincenzinos dieser Welt beschützen... Ich fühlte mich so klein, wo ich doch versuchen mußte, groß, sehr groß zu sein... Aber mein Vater kam nicht, er kam nicht herein, um mich zu umarmen, und ich umarmte und biß das Kissen und dachte an meine Oma, die das alles niemals zugelassen und mich fest an sich gedrückt hätte, wie damals, als wir nebeneinander schliefen, im Sommer wie im Winter.

Es geschah etwas Seltsames, wenn ich neben meiner Oma schlief: Wir legten uns nieder und umarmten uns dabei, ich, klein wie ich war, legte meine Beine zwischen ihre alten, wabbelig weichen, und sie drückte mich, und mein Kopf lag mitten auf ihrer großen, schlaffen Mutterbrust. Ich lag in einer Fötushaltung, und seltsamerweise fand ich mich, wenn ich aufwachte, in der gleichen Haltung wieder, was um so seltsamer ist, weil ich mich im Schlaf pausenlos hin- und herwälze.

Ich nehme an, meine Oma wachte sehr viel früher auf als ich und legte mich wieder in der gleichen Haltung hin, aber es war schön, mir vorzustellen, wir hätten die ganze Nacht so geschlafen. Jedenfalls war es wunderschön, daß sie alles tat, um es mich glauben zu machen.

Ich habe immer gedacht, daß ich nur einen Mann heiraten werde, der mich so die ganze Nacht über halten kann. Vorläufig gab ich mich mit dem Kissen zufrieden, das ich allerdings jeden Morgen auf dem Boden oder am anderen Ende meines Klappbetts wiederfand.

Die Vorstellung, meine Oma würde von oben herunter auf mich schauen, tröstete mich, und ich redete noch ein wenig mit ihr: »Omachen, du mußt entschuldigen, wenn ich seit langem nicht mit dir rede... Du weißt, warum ich es nicht getan habe... Mama hat mir gesagt, daß ich dich ins Grab gebracht habe, als ich dir von dieser Sache da erzählte... Ich glaube nicht, daß ich es gewesen bin, aber wenn es vielleicht doch meine Schuld war, schwöre ich dir, daß ich das nicht wollte... Du mußt entschuldigen, wenn ich dich nicht anschauen gekommen bin, als du tot in der Wohnung lagst, aber du weißt ja, daß ich Angst habe, und du wolltest doch nicht, daß ich vor dir Angst habe, nicht wahr? Ich weiß nicht einmal, wie deine Wohnung heute aussieht, weil ich nicht mehr hingekommen bin, seit du tot bist. Jetzt wollte ich dich um einen Gefallen bitten... Du weißt ja, daß dein Sohn mich zu dem da schicken will... Omachen, ich bitte dich darum, laß mich nicht hingehen... Er hat zu mir gesagt, daß er weiter diese Sachen machen will, und ich weiß nicht, was ich tun soll... Papa kümmert sich überhaupt nicht mehr um mich, siehst du, wie er ist, wie er sich zu mir benimmt? Ich weiß, daß es falsch war, diese Dinge mit dem Jungen zu machen, aber, Oma, hältst du es für richtig, daß sie mich so dafür bezahlen lassen? Komm, Oma, ich bin noch ein junges Mädchen, wenn ich jetzt keine Fehler mache, wann soll ich dann welche machen? Wenn ich so alt und schwach bin, daß ich mich nicht einmal mehr rühren kann? Hast du gesehen, wie zufrieden deine Söhne und deine Schwiegertöchter sind? Und das waren die, die mich gern hatten... Ich weiß, daß nur du allein mich gern gehabt hast... Warum bist du gestorben, Omachen?, warum hast du mich mit denen allein gelassen?... Bitte hilf mir, Oma, sag es jemandem, da oben, ich meine, nicht gerade dem Herrgott, aber irgendein Heiliger wird doch auf dich hören... Sprich mit ihm, erzähl' ihm alles, sag ihm, daß ich drei Kerzen für ihn anzünde, wenn sie mich von hier rauslassen... Und sag ihm auch, wenn er mir hilft, gehe ich jeden Sonntag zur Messe, gebe eine Spende und werde nicht ein einziges Mal mehr gähnen, selbst wenn ich vor Schlaf umfalle... Was meinst du, Omachen, werden ihm diese ganzen Sachen reichen? Wenn sie nicht reichen sollten, laß dir sagen, was noch sein muß, und ich werd' es tun, sofort, in Ordnung?« Und ermutigt schlief ich ein.

Nach ein paar Stunden kamen sie mich wecken: Es war mein Vater, der immer wieder sagte, es sei schon acht und ich müsse den Koffer packen und gehen. Ich stand sofort auf. Erst nach ein paar Minuten dachte ich wieder an das Gebet vom Abend oder, besser gesagt, vom Morgen, und ich konnte nicht anders, als meiner Oma und allen Heiligen, ihren Freunden im Paradies, in Gedanken ein stillschweigendes und sehr ironisches »Danke« zu sagen. Bei unseren 300000 Heiligen hatte sie wirklich nicht einen arbeitslosen finden können, der sich um mich kümmerte? Schon recht, daß ich ihr nicht besonders viel Zeit gelassen hatte, aber im Paradies existiert keine Zeit, da existiert nur die Ewigkeit... Da konnte ich lange warten, daß sich mein Wunsch erfülle!...

Während ich diese Dinge dachte, blitzte einen Augenblick lang vor mir ein Bild auf. Ich versuchte, es zu rekonstruieren, aber es blieb bloß ein Erinnerungsfetzen, die Erinnerung des geträumten Traums, bevor ich geweckt wurde: Da war meine Oma, und ich sagte mir dauernd, daß das nicht sein konnte, weil sie schon tot war; sie las in meinen Gedanken, gab mir zur Antwort, das sei ein Traum und sie sei wirklich tot und im Paradies; ich fragte sie, wie das Leben dort wäre, und sie antwortete, man würde sie gut behandeln, und sie esse täglich Spaghetti mit Tomatensugo... Ich erinnerte mich an nichts anderes, aber die Sache selbst machte mich stutzig, daß ich von meiner Oma geträumt hatte, von der ich, seit sie tot war, nie geträumt hatte, nicht einmal an ihrem Todestag.

Der Gedanke gefiel mir, daß sie nicht früher in meinen

Träumen erschienen war, weil sie meinte, ich sei noch nicht bereit, und mich deshalb nicht mit ihrer Gegenwart verstören wollte: Sie wollte sich erwünscht fühlen, gerufen. Ich konnte mir aber die Bedeutung dieses Traums nicht erklären. Das einzig Gewisse war, daß ich nicht einmal von ihr Hilfe erhalten hatte, und das entmutigte mich noch mehr und verstärkte mein Gefühl, einsam, klein und liebebedürftig zu sein.

Unterdessen waren bei mir zu Hause die großen Vorbereitungen für meinen Abschied eifrig in Gang: Meine Mutter suchte fieberhaft nach Koffern und großen Schachteln, Reisetaschen und Einkaufsnetzen; wie eine Besessene öffnete sie die Schubladen, zog alle meine Sachen heraus und warf sie eilig in den offenen Koffer. Mein Vater half ihr, suchte überall und entfernte alles, nicht nur alles, was mir gehörte, sondern was ich auch nur einmal in den Fingern gehabt hatte: Von meinem Aufenthalt in diesem Haus sollte keine Spur zurückbleiben, auch mein Geruch mußte verschwinden. Und zwar so schnell wie möglich.

Auf jedes in den Koffer gelegte Kleid folgte irgendeine Bemerkung meiner Mutter: Jetzt war gerade der rote Rock mit den schwarzen Punkten dran (»Nicht einmal das Geld für den Stoff hätte ich ausgeben sollen!«) und dann der grüne Wollpullover (»Der war von meiner Mama, und ich habe ihn diesem Flittchen gegeben«). Dann der weiße Rock, die blaue Jacke und das weiße Hemd von meinem Vater... Jedes Kleidungsstück lieferte ihr einen Anlaß zurückzudenken, was geschehen war, und mich immer mehr zu verfluchen (»Gürtelhiebe und Ohrfeigen hätte sie gebraucht, da hätte ich sehen wollen, ob sie eine Nutte geworden wäre!«).

Schließlich war das Werk vollbracht, und meine Mutter brach in Tränen aus.

Ich hoffte, dieser Weinkrampf wäre eine Art später Reue, noch rechtzeitig und von der Vorsehung geschickt, zumindest, was mich betraf; ich dachte, daß im Grunde und allem Anschein zum Trotz auch meine Mutter immer noch eine Mutter war und ich, so entehrt ich auch war, noch immer ihre Tochter, ob sie wollte oder nicht.

»Jetzt überlegt sie es sich anders und schickt mich nicht mehr zu Tante Vannina.«

Wünsche, Hoffnungen, diktiert von Verzweiflung und gewiß nicht von Vernunft, denn hätte ich auch nur einen Moment überlegt, wäre ich gleich darauf gekommen, wie absurd meine Hoffnung war: Meine Mutter weinte zwar, aus Kummer, aber wegen ihres Kummers, wegen des Gedankens, meine Tante Vannina würde herumerzählen, was ihrer Familie zugestoßen war. Sie war wie üblich davon überzeugt, »*I rrobbi lorda si lavunu dintra.* Schmutzige Wäsche wäscht man zu Hause«, aber gleichzeitig fand sie keine passendere Lösung. Wieder fing sie an, mich zu beschimpfen, und, damit nicht genug, lief sie mir jetzt durch die ganze Wohnung nach; dank des Überraschungseffekts erwischte sie mich auch, packte mich an den Haaren, ließ mich mit meiner langen Mähne den Fußboden aufwischen und drehte und zwirbelte an meinen armen Haaren...

Mein Vater war es, der ihr schließlich Einhalt gebot:

»*Lassila perdiri, che accussì pirdemmu tempu.* Laß sie stehen, so verlieren wir bloß Zeit.«

Überzeugt von diesem Argument (dem einzigen, glaube ich, das sie davon abbringen konnte), lockerte meine Mutter den Griff, und meine Haare konnten wieder atmen.

Mein Vater war ausgesprochen glücklich; vielleicht dachte er schon daran, wie es sein würde, wenn sie heimkämen, und meine Mutter, endlich von meiner Gegenwart erlöst, sich wieder wie vorher um den Haushalt kümmern würde; bestimmt sah er schon die dampfenden Spaghetti vor sich, obenauf der Sugo, der nach hausgemachtem Tomatenpüree schmeckte, wie es ihm nur seine Mutter machen konnte. Also beeilte er sich, alles auf den Lieferwagen von Onkel Vittorio zu laden, der uns schon von der Straße aus rief und uns zur Eile antrieb.

Meine Mutter hatte einen seltsamen Blick: Sie beschimpfte mich, manchmal kniff sie mich auch, aber sie hatte traurige Augen und schien zu zögern. Vielleicht bildete ich mir das nur ein, wünschte mir, mich nicht ganz von allen verlassen fühlen zu müssen. Auch dieses letzte »*Ha moriri ammazzata.* Verrecken sollst du« schien mir trauriger als die anderen, leidender ... Und waren diese Kniffe nicht fast eine Liebkosung, als sagte sie »*Si ancora a mò figlia.* Du bist immer noch meine Tochter ...«?

Nein, das war es nicht, sonst hätte sie mich nicht gehen lassen, zu ihm ...

Mein Vater rief dauernd nach uns, und meine Mutter entschloß sich, den letzten Koffer zu schließen.

Ich hielt Kopf und Blick gesenkt, erduldete alle ihre

Beleidigungen, ihre Kniffe, ihre Bosheiten. Manchmal hatte ich gute Lust zu reagieren, ihr ins Gesicht zu schreien, was ich von ihr dachte, aber ich fürchtete, ein mögliches, wenn auch kaum wahrscheinliches Umdenken zu gefährden. Sie war überzeugt, daß ich meine Schuld eingesehen und die Strafe hingenommen hätte und sagte dauernd: »*I calasti i corna, ah?* Jetzt trägst du deine Hörner tief, nicht?«, aber sie verzieh trotzdem nicht.

Wir stiegen in den Lieferwagen, und mein Vater fuhr los. Ich saß am Fenster und fühlte mich wie eine Deportierte, eine, die man in Handschellen ins Gefängnis bringt... Vielleicht war es wegen meiner demütigen und zerknirschten Haltung, wegen ihrer befriedigten und triumphierenden Mienen...

Meine Mutter war jetzt nämlich ganz und gar verändert. Der Schleier von Traurigkeit war ganz von ihren Augen gerutscht, und wenn sie jemanden sah, den sie kannte, senkte sie einen Moment den Kopf zum Zeichen des Grußes, dann schaute sie stolz nach vorne, weil sie ihre Pflicht tat, indem sie mich verstieß.

Wir fuhren etwa eine Viertelstunde, und ich erinnere mich nicht, woran ich in diesem Moment dachte, vielleicht betete ich noch immer zu meiner Oma oder zu Gott oder zu allen beiden. Der Lieferwagen bog scharf ab, und da erkannte ich die Straße wieder, in der meine Tante wohnte. Als wir um den Weiher herumfuhren, roch ich diesen unerträglichen Gestank, sah diese dem Wasser zugewandten barackenartigen Häuser, Leute standen draußen auf den Balkons und unterhielten sich von dort aus mit den Nachbarn, gestikulierten und schrien, und mitten auf der Straße Rosanna, eine der beiden Töchter meiner Tante, die einer Katze hinterherlief.

Schafe liefen über die Straße, mein Vater wartete nicht, bis sie vorbei waren: Er hielt den Lieferwagen an und sagte, wir sollten aussteigen; es fehlten nur noch ein paar Meter, bis wir da waren, aber er hätte auch warten können... Wir stiegen aus, warteten, daß mein Vater die Koffer ablud, jeder trug einen, und machten uns auf den Weg.

Die Frauen auf den Balkons hatten jetzt aufgehört, zu reden und zu gestikulieren; die Köpfe nach unten musterten sie uns mit größtem Interesse, und bestimmt fragten sie sich, was in dieser Gegend drei Leute mit drei Koffern zu suchen hatten; nachdem sie ihre netten Vermutungen angestellt hatten, äußerten sie sie gegenüber den Nachbarinnen, und zusammen suchte man nach der einleuchtendsten Erklärung. Freilich wäre es sehr viel einfacher gewesen, zu warten und dann meine Tante zu fragen, die natürlich nicht mit saftigen Nachrichten und Informationen geknausert hätte, aber ist es so nicht viel schöner?

Meine Tante war drinnen. Wir gingen ohne anzuklopfen durch die stets offene Tür hinein und fanden sie in der Küche, wo sie gerade Kaffee trank. Als sie mich sah, war sie wie üblich sehr herzlich: Sie umarmte und küßte mich und fragte, wie es mir gehe. Ich antwortete mit einem Achselzucken. Sie tadelte mich, weil ich sie nicht besuchen gekommen war, als es ihr nicht gut ging, ich antwortete, indem ich den Blick senkte, sie verstand und machte eine verständnisvolle Geste, als wollte sie sagen »Ich bin auf deiner Seite«. Dann wandte sie sich meinen Eltern zu und fragte meine Mutter, wie es ihr gehe.

Meine Mutter antwortete mit dem üblichen Klagelied und sagte: *»Comu haiu a stari, ccu sta buttana? Mi luvà deci anni di vita...* Wie soll's mir schon gehen, mit dieser Nutte? Zehn Jahre meines Lebens hat sie mich gekostet...« Mein Vater nickte zustimmend, und meine Tante sagte nichts.

Es war typisch für meine Tante Vannina, daß sie sich nie gegen jemanden stellte und einem den Eindruck vermittelte, als sei sie allein auf deiner Seite. Meine Mutter verstand dieses Schweigen als eine Verurteilung meiner Person und freute sich, weil sie dachte, ich würde in geeigneter Weise bestraft werden.

Es blieben nur wenige Minuten, während ich meine Sachen ins Zimmer meiner Cousinen trug. Ich hörte meine Mutter weinen und meiner Tante letzte Ermahnungen geben, wie sie mich behandeln sollte. Dann gingen sie fort, und meine Tante rief mich in die Küche.

Sie sagte gleich, ich brauchte mir um nichts Sorgen zu machen, ich würde mich in ihrem Hause wohl fühlen, sie würde mich bestimmt nicht wie eine Sklavin behandeln, wie meine Mutter es ihr mehrmals aufgetragen hatte.

Einen Augenblick lang war ich versucht, mit ihr über ihren Mann zu sprechen, ihr meine Befürchtungen darzulegen, aber ich hatte nicht den Mut dazu; ich hatte Angst, sie würde mir nicht glauben und mich ebenfalls hassen. Ich fühlte mich wieder beschützt und geliebt und wollte diesen Moment nicht mit Befürchtungen zerstören, die wahrscheinlich zu übertrieben und grundlos waren.

Sie fragte mich, was denn genau passiert sei, sie habe alles mögliche gehört: Einer hatte ihr berichtet, mein Vater habe mich halbnackt mit einem alten Mann überrascht...

Ich erzählte ihr, was passiert war, ich sprach von den Hosen, von Angelina, dem Fest, von Nicola, was wir wirklich gemacht hatten, und ihr Gesicht ließ Rührung erkennen.

»Zu meiner Zeit, als ich so alt war wie du, hatte ich auch einen Freund... Wir haben nichts gemacht, aber mein Opa hat davon erfahren und mich grün und blau geschlagen... Als ob das nicht gereicht hätte, hat er mich nicht mehr aus dem Haus gehen lassen, und erst drei Jahre später habe ich den Onkel gesehen und ihn sofort geheiratet; auch weil ich nicht anfangen konnte, nach dem Märchenprinzen zu suchen, dafür hatte ich keine Zeit, und außerdem hätten sie mich, wenn ich das getan hätte, zumindest umgebracht... Ich kann dich verstehen... Ich kann dich verstehen... Aber Schluß jetzt damit, räumen wir deine Kleider weg...«

Wir gingen in das kleine Zimmer meiner Cousinen und versuchten so gut es ging, meine ganze Geschichte und meine fast sechzehn Jahre in den verfügbaren zwei Schubladen unterzubringen.

Es war zehn; bis ihr Mann heimkam, würden noch mindestens drei Stunden vergehen: Onkel Vincenzo mußte den Anschein erwecken, daß er sich bei der Arbeitssuche bemühte, eine Arbeit, die er dann schließlich nie fand; mal war die Arbeit zu beschwerlich und schlecht bezahlt, mal war der Arbeitgeber zu anspruchsvoll oder eingebildet oder unsympathisch. Was auch immer der Grund war, jedenfalls war die Folge, daß Tante Vannina auch an diesem Tag von einem Nachbarn oder Geschwister zum anderen gehen und versuchen mußte, das Nötigste zum Überleben aufzutreiben … zumindest für diesen einen Tag. Nur selten fiel nichts für sie ab: Die Leute kannten und bewunderten, verstanden und bemitleideten sie; wie ich schon sagte, konnte in meinem Dorf nicht einmal ein Hund sterben, ohne daß man ihm half oder ihn zumindest bemitleidete. Und wenn sie wirklich nicht einmal ein paar Lire zusammenkratzen konnte, ging sie ins Dorf hinunter und suchte sich irgendeine Arbeit für ein paar Stunden, damit sie das tägliche Brot kaufen konnte, ohne dafür ihre Würde aufs Spiel zu setzen oder auf erniedrigende Kompromisse eingehen zu müssen.

Die Tante war immer stolz darauf gewesen (das war das einzige, worauf sie stolz sein konnte), ihre Ehre und ihre Ehrlichkeit hochgehalten zu haben. Außerdem glaube ich nicht, daß je jemand versucht hatte, ihr einen sozusagen unziemlichen Antrag zu machen. Nicht, daß sie keine schöne Frau gewesen wäre, ganz im Gegenteil! Freilich vernachlässigt, aber mit jener Art Schönheit ausgestattet, die nicht einmal Mühsal und Jahre zerstören können: Verdecken können sie sie vielleicht, aber nicht zunichte machen.

Die Schönheit meiner Tante lag in ihren Augen, tiefschwarz und strahlend, in ihrer Art zu gehen, immer mit hocherhobenem Kopf, in ihrem Verhalten, das auch in den erniedrigendsten Momenten etwas Erhabenes und Würdevolles an sich hatte. Sie war groß, überraschend groß in Anbetracht des Durchschnitts der Dorfeinwohner und der Statur ihrer Eltern und Geschwister, von denen keiner größer als 1,65 m war; sie hatte olivbraunen Teint (auch das eher untypisch inmitten einer Bevölkerung von halben Afrikanern), langes schwarzes Haar, immer in einem Pferdeschwanz zusammengehalten, aus dem die eine oder andere Strähne herausrutschte über ihre tiefschwarzen Augen. Ihre wirkliche Schönheit aber waren die Augen. Es kam oft vor, daß sie sich müde hinsetzte und über ihr Leben klagte, das ihr nicht vergönnt hatte, ihre Töchter glücklich zu sehen wie alle anderen Kinder; aber auch in diesen Momenten der Trostlosigkeit verrieten sie ihre Augen: Sie leuchteten und enthüllten ein unerschütterliches Vertrauen in dieses Leben selbst, das ihr das Kostbarste gestohlen hatte, was es gibt, ihre Jugend.

Sie hatte keine leichte Kindheit gehabt, wie alle Kriegskinder, aber für sie war es besonders hart gewesen. Sie waren zu siebt, Kinder einer Bäckerin und eines Fischers mit einer Leidenschaft für Antiquitäten. Tante Vannina war die jüngste Tochter, aber nicht das verhätschelte Nesthäkchen.

Freilich war zu jener Zeit an Verhätscheln sowieso nicht zu denken; aber es ist nicht wahr, daß das Unglück,

Kind zu sein, mit den Wohlstandsjahren begann. Meine Oma zeigte eine starke Vorliebe für meinen Vater, er war der älteste. Ihm war das einzige Stück Fleisch vorbehalten, während die Geschwister zuschauen mußten und den Blick nicht von seinem Teller wenden konnten. Wahrscheinlich litten die anderen nicht einmal unter dieser weniger auf den Magen denn auf die Seele gerichteten Diskriminierung: Meine anderen Onkel und Tanten betrachteten diese Begünstigungen als einen normalen und notwendigen Tribut an eine Tugend, die nur zufällig meinem Vater zugefallen war: der älteste Sohn zu sein.

Meine Tante war sensibler und hatte vielleicht gerade deswegen immer gelitten. Die Vorteile, die mein Vater genoß, beschränkten sich nicht allein auf das Essen: Mein Vater war der einzige, der zur Schule gehen konnte, auch wenn Tante Vannina mir immer erzählte, daß sie es war, die ihm immer erklärte, was er zehnmal las und nie verstand. Sie hatte die Schule bis zur fünften Klasse besucht, aber nachts las sie dann heimlich die Bücher meines Vaters, der seinerseits immer diese Geschichte erzählt und sie damit aufzieht. Sie hatte auf Bildung verzichten und dann miterleben müssen, wie mein Vater diese Vergünstigung aus eigenem Willen und gegen Widerstände aufgab. Sie blieb zu Hause und half meiner Oma bei der Hausarbeit, aber das wurde ihr keineswegs hoch angerechnet: Ihre Mutter hatte offenbar eine instinktive Abneigung gegen sie ... Vielleicht ist es nicht richtig, von instinktiv zu reden, denn Mutterinstinkt ist es, seine Kinder zu lieben. Ich verwende diesen Begriff im Sinne von etwas Irrationalem, das von wer weiß welchen Motiven diktiert ist.

Ganz im Gegensatz dazu betete mein Opa sie an und nahm sie als einzige der sieben mit, wenn er angeln ging oder zum Friedhof, um nach einer antiken Vase oder alten Münzen zu suchen. Aber mein Opa zählte in diesem Haus soviel wie eine Mutter in einer patriarchalischen Gesellschaft: Meine Oma war es, die das Geld verwaltete, es ihm kleinweise aushändigte und dabei nicht mit Bemerkungen über seine Unfähigkeit sparte.

Meine Tante erinnert sich an diese Jahre mit einer Spur Groll, den mein Vater nie bemerkt hat; Groll gegenüber diesem vom Glück mehr begünstigten Bruder, der sich aber seines Glücks, der Erstgeborene und noch dazu ein Mann zu sein, anscheinend nicht bewußt war. Ich habe meine Oma geliebt, aber ich kann trotzdem nicht umhin, dieses Verhalten zu verurteilen: Mein Vater war ein Halbgott, nach dem der Mutter, aber fast auf gleicher Ebene, war sein Wort auch im Elternhaus Gesetz.

Wenn sie zu wehmütiger Rückschau aufgelegt war, erzählte die Tante von ihren Erlebnissen aus jungen Jahren: Sie hing sehr an ihrer Vergangenheit und schien sie trotz allem tief zu lieben. Sie berichtete uns von dem Erlebnis, als mein Vater sie einmal am Hafen mit einer Zigarette in der Hand gesehen hatte und darauf bestand, daß sie die brennende Zigarette verschluckte; davon, als mein Opa sie mit jenem Jungen gesehen hatte, der bloß mit ihr geredet hatte, und er sie bestrafen und prügeln mußte, weil ein Freund von ihm dabei war, der es dann meiner Oma berichtete; aber vor allem erzählte sie uns von den beiden Monaten, die sie als Zwanzigjährige bei den Ursulinen verbracht hatte.

Eine Schwester meiner Oma, deren fixe Idee die Kirche war, hatte gewollt, daß sie Nonne würde. Die Tante verbrachte diese beiden Monate in tiefer Einsamkeit, weil keiner der Familie sie je besuchen kam. Dann sah sie einen Jungen, in der Kirche. Sie war nicht verliebt in ihn, aber sie glaubte, es zu sein… Wie soll man auch nicht glauben, verliebt zu sein, wenn einem im Alter von zwanzig ein Junge zum ersten Mal das Gefühl gibt, eine Frau zu sein? Sie trafen sich ein paarmal, bevor die Mutter Oberin sie entdeckte. Sofort wurden meine Großeltern benachrichtigt und kamen sie abholen, sie wollten alles von diesem Jungen wissen, gingen zu ihm und sprachen mit ihm, und etwa drei Monate später wurde Tante Vannina die Signora Amato.

Sie war nicht glücklich, weil sie nicht verliebt war, aber sie war auch nicht unglücklich. Sie nahm es einfach hin, dieses Leben zu leben, das man ihr aufgezwungen hatte. Auf der einen Seite meinte sie, sich mit einer Familie ganz für sich irgendwie befreien zu können.

Nach ein paar Jahren bekam sie Rosanna, und mit dieser ersten Tochter blieb sie immer mehr verbunden, so sehr sie sich auch bemühte, unparteiisch in ihren Gefühlen zu sein. Meine Oma stand ihr während der Entbindung nicht bei, sie kam sie am Tag darauf besuchen. Das erste, was sie sagte, als sie von meinem Onkel die Nachricht erfuhr, war: »*Un fustivu bboni mancu a fari un masculu.* Nicht einmal einen Sohn habt ihr zustande gebracht.« Als sie dann das Mädchen sah, fand sie: »*Moru, cche'è laida!* O Gott, ist die häßlich!« Und meine Tante mußte zuerst mit ihrer Tochter Rosanna und später mit Aurelia das schreckliche Gefühl wiedererleben, abgelehnt zu werden, denn meine Oma ergoß ihre Abneigung für die Tochter nun auf deren Töchter und benachteiligte sie gegenüber ihren Cousins und Cousinen. Doch als meine Oma starb, war sie, Tante Vannina, die einzige, die weinte und schrie. Wenn sie von ihrer Mutter spricht, weint meine Tante immer. Und ihre Augen hören nicht auf zu glänzen.

Nachdem ich meine Sachen untergebracht hatte, gingen wir in die Küche, setzten uns hin, und sie zündete sich eine Zigarette an. Das war der einzige Luxus, den sie sich gönnte und auf den sie nie verzichtet hätte: Sie rauchte immer mit einem selbstbewußten und stolzen Gesichtsausdruck, und ich hatte bemerkt, daß sie, wenn mein Vater da war, noch häufiger rauchte, mit noch mehr Genuß, und sie vermied es auch nicht, ihm diesen Rauch ins Gesicht zu blasen. Das war die einzige Revanche, die sie sich herausnahm: Vor seinen Augen rauchen zu können, ohne daß er sich zu versuchen traute, sie die brennende Zigarette runterschlucken zu lassen.

Jetzt war sie ruhig, sie saß mit elegant übereinandergeschlagenen Beinen da und verspottete mich, weil ich nicht rauchen wollte. Sie bot mir an, eine zu probieren, und schien jedesmal beleidigt, wenn ich lächelnd ablehnte.

Vielleicht war das das einzige, was sie mir anbieten konnte, oder vielleicht wollte sie sich mit mir auch verbundener fühlen. Wir waren einander schon ziemlich nahe durch die Ähnlichkeit unserer Erlebnisse, aber die Tante hatte eine gewisse Scheu, ihre Gefühle zu äußern:

Sie hatte immer in einer heuchlerischen Welt gelebt, die ihre Gefühle unterdrückte und auf sie zurückwarf, auch wenn sie sie nicht ernüchtern konnte.

Ich sage das alles mit soviel Gewißheit, nicht weil ich einen sechsten Sinn besäße oder so etwas Ähnliches, sondern weil meine Tante an diesem Morgen einen Weg fand, mich enger mit ihr zu verbinden, und das geschah nicht mit einer Zigarette.

Wir sprachen noch von dem, was mir passiert war, und sie fragte mich, was meine Bestrebungen und meine Träume wären; ich antwortete ihr, vorläufig sei mein größter Traum, Hosen anzuziehen.

Sie lächelte, dann sagte sie, ich solle ihr folgen. Sie brachte mich in ihr Schlafzimmer, öffnete den Schrank und sagte, ich solle meinen Rock ausziehen; sie nahm eine der Hosen ihres Mannes und sagte, ich solle sie anprobieren.

Einen Augenblick lang sah ich sie an, dann zog ich meinen Rock aus und nahm diese Hosen: Sie waren zu weit, ich versank darin, aber meine Tante zog einen Gürtel heraus und faßte sie mir in der Taille zusammen.

Ich war so komisch wie ein Clown, ich sah auch so aus und... wir prusteten los vor Lachen.

Dann sah sie mich an und sagte mir etwas so Trauriges, daß ich mir dumm vorkam, mir so lange Zeit eine so erbärmliche Sache gewünscht zu haben:

»*Macari fussa accussì facili accuntintarsi e campari*... Wenn es so einfach wäre, sich zufriedenzugeben und durchs Leben zu schlagen...«

Vielleicht waren es weniger ihre Worte als ihre Augen,

die mir Angst machten: Einen Augenblick lang strahlten sie nicht mehr. Dann fingen sie wieder an zu strahlen, und sie stand vom Bett auf. Sie öffnete eine Schublade des Nachttisches, der auf ihrer Seite des Bettes stand, und zog ein in braunes Leder gebundenes Büchlein heraus, gab es mir und empfahl mir, es zu lesen, wenn ich Zeit und Lust dazu hätte.

Ich öffnete es sofort, aber sie bat mich, es nicht vor ihr zu lesen, es hätte sie schon Mut genug gekostet, es mir zu zeigen, ich sei der einzige Mensch auf der Welt, der von seiner Existenz wüßte, und wenn ich es vor ihr lesen würde, könnte sie es vor Unruhe und Angst nicht aushalten und würde mich wahrscheinlich bitten, es ihr zurückzugeben. Ich verstand ihre Gefühle; und weil ich sehr neugierig geworden war, fragte ich sie, ob es ihr etwas ausmache, wenn ich sie eine Weile allein ließe. Sie verneinte, und so ging ich, das Büchlein schon auf der ersten Seite aufgeschlagen, in das kleine Zimmer. Ich warf mich aufs Bett und begann zu lesen.

15. Oktober 1962

Heute bin ich 20 Jahre alt geworden, und die Mama ist nicht einmal heute gekommen. Ich dachte, Papa käme, aber auch er ist nicht gekommen.

Die Nonnen wissen nicht, daß heute mein Geburtstag ist, und ich will es ihnen nicht sagen, weil es sie nicht interessiert. Vielleicht hat die Mama es vergessen und ist deshalb nicht gekommen. Die Arme, wo sie doch so viel zu tun hat.

Ich aber habe heute ein Gedicht gemacht und es auf das Papier im Klo geschrieben; ich habe es geschrieben, als die Mutter Oberin mich ins Klo geschickt hat, um es zu putzen, und jetzt will ich es hier neu schreiben, weil ich es nicht verlieren will und es aufheben möchte, bis ich Nonne bin und selber Oberin werde:

»Ich möchte ein Vogel sein
und wegfliegen
Ich möchte klein sein
und mich stillen lassen
Ich möchte groß sein
und stillen
Ich habe geträumt, ein Vogel zu sein
und wegzufliegen
Ich habe geträumt, klein zu sein
und gestillt zu werden
Ich habe geträumt, groß zu sein
und zu stillen
Aber ich bin aufgewacht und war hier.«

Ich weiß, daß dieses Gedicht nicht so schön ist wie das von Leopardi, das *Il passero solitario*, »Der einsame Spatz« hieß, aber wenn ich dieses hier lese, muß ich weinen, bei dem andern nicht.

27. Oktober 1962

Zwölf Tage sind vergangen, seit ich damals geschrieben habe.

Ich habe aus zwei Gründen nicht geschrieben: Der

erste ist, daß ich nichts zu sagen hatte, der zweite ist, daß Angelica ein Gedicht von mir entdeckt hat, das ich auf dem Klo gelassen hatte, und mich bei der Mutter Oberin angeschwärzt hat, und die hat zu mir gesagt, daß ich diese Dinge nicht schreiben darf, weil Gott mit mir böse wird. Ich hatte geschrieben, daß meiner Meinung nach mich niemand gern hat, weil mich nie jemand besuchen kommt, und die anderen dagegen Besuch von ihren Eltern bekommen. Angelica hat mich verspottet und gesagt, ich hätte Komplexe, und ich wußte nicht, was das bedeutet; sie hat es mir erklärt und gesagt, das bedeute, daß jemand sich immer von allen gehaßt fühlt und sich einbildet, daß alle was gegen sie haben. Ich habe zu ihr gesagt, daß das nicht stimmt, daß ich wirklich allein bin, und ich habe angefangen zu weinen, und sie hat ein seltsames Wort zu mir gesagt, etwas, das mit »Para« beginnt... Keine Ahnung! Ich wollte sie fragen, was es bedeutet, aber ich wollte nicht, daß sie mich für ungebildet hält, und bin gegangen. Aber ich habe schlimme Dinge über Angelica gedacht und mich versündigt.

Jetzt lege ich mich schlafen, weil es spät ist und alle anderen das Licht gelöscht haben.

10. November 1962

Es ist lange her, daß ich geschrieben habe, aber jetzt habe ich einen Haufen zu erzählen, obwohl ich wenig Zeit habe, weil alle schlafen.

Heute war Sonntag, und wir sind zur Messe in die

Kirche Sant'Angelo gegangen. Ich bin bei den anderen gesessen, dann bin ich zur Beichte gegangen, aber vor mir war ein anderer Junge. Also habe ich gewartet, bis er mit seiner Beichte fertig war, und bin in der Nähe stehengeblieben. Da war dann er, und hat angefangen, mich so besonders anzuschauen, daß ich ganz rot wurde, und er hat zu lachen angefangen und hat mich immer angeschaut. Dann war er fertig, und ich war dabei, hinzugehen und zu beichten, aber er hat mich aufgehalten und mich gefragt, wie ich heiße. Ich habe es ihm gesagt und habe ihn auch danach gefragt. Er heißt Vincenzo und ist einfach zu schön: Er hat blonde Haare und kastanienbraune Augen, er ist groß und etwas dünn. Er hat zu mir gesagt, daß ich zu wunderschöne Augen hätte, und ich habe ihm geantwortet, daß man »zu wunderschön« nicht sagen kann, und er hat zu mir gesagt, daß man es doch so sagen muß, weil meine Augen zu wunderschön seien. Er hat gesagt, wann wir uns sehen könnten, und ich habe ihm geantwortet, daß ich nicht hinaus dürfe, weil ich Nonne werden solle, und er hat zu mir gesagt, daß ich nicht Nonne werden dürfe, weil ich ihn heiraten müsse. Dann habe ich gesehen, daß Maria Luisa mich anschaute und Assuntina Zeichen in meine Richtung gab. Also sind wir so verblieben, mit Vincenzo, daß er jeden Tag um halb elf Uhr in diese Kirche kommt, um zu sehen, ob ich auch komme. Als ich wieder zu den anderen gegangen bin, hat mich Maria Luisa sofort gefragt, wer das denn war, und ich habe zu ihr gesagt, er sei mein Cousin. Ich möchte ihn sofort wiedersehen,

diesen Vincenzo, weil er mir die schönsten Dinge meines ganzen Lebens gesagt hat. Mir scheint nicht, daß das eine Sünde ist, denn ich will keine Nonne werden, ich will heiraten und Kinder kriegen wie alle. Ich habe noch nie einen geküßt, und vielleicht verspottet er mich dann, weil ich nicht weiß, wie man das macht, aber es kann auch sein, daß er mich nicht verspottet, weil er mich meiner Ansicht nach schon liebhat. Er schaut mich an, daß es zu schön ist, er läßt mich zittern, und dann hat er zu mir gesagt, daß er mich heiraten will, und ich will ihn auch heiraten.
Jetzt muß ich schlafen, aber ich will gar nicht schlafen: Ich möchte die ganze Nacht weiterschreiben und morgen auch, aber das darf nicht sein, und deshalb lege ich mich schlafen.

13. November 1962

Wie glücklich ich bin!
Heute habe ich Vincenzo geküßt, genauer gesagt, er hat mich geküßt. Ich hatte es nicht erwartet, daß er mich küssen würde, aber es war zu schön. Als ich ihn sah, habe ich einen Schlag gekriegt, denn ich bin spät in die Kirche gegangen, es war schon Mittag. Aber früher hatte ich nicht gehen können, weil es lange brauchte, die Mutter Oberin zu überzeugen, daß sie mich mit Assuntina zum Einkaufen schickte. Ich habe es Assuntina gesagt, daß ich mich mit Vincenzo treffen mußte, und ich habe zu ihr gesagt, daß er mein Cousin ist, aber sie hat es mitgekriegt, daß das nicht wahr ist,

aber sie hat mir geschworen, daß sie mich nicht verpetzt, denn sie hat auch einen Freund. Deshalb hat sie mich an der Kirche allein gelassen und hat zu mir gesagt, daß sie nach einer Weile käme, wenn sie mit dem Einkaufen fertig sei und ihren Freund getroffen hätte. Aber ich dachte, ich könnte Vincenzo nicht sehen, weil es zu spät war, und dabei war er da drinnen und schaute, ob ich käme. Als er mich sah, ist er sofort zu mir gekommen und hat mich gefragt, ob ich allein sei, und hat mich mit hinauskommen lassen. Da hat er zu mir gesagt, daß er jeden Tag gekommen ist und bis halb eins auf mich gewartet hat. Ich sagte schon zu ihm, daß ich gleich wieder gehen müsse, da hat er mich ganz fest umarmt und mir einen Kuß in den Mund gegeben. Ich bin still dagestanden und tat nichts, erstens weil ich nicht wußte, was ich tun sollte, und zweitens, weil ich fast in Ohnmacht fiel. Er hat mir gesagt, daß er diese Tage immer an mich gedacht hat, und dann hat er mich gefragt, ob mir der Kuß gefallen habe, und ich habe ja zu ihm gesagt, und da hat er mich noch mal und noch mal geküßt. Ich meine, er hat nicht gemerkt, daß ich nicht küssen konnte, weil er es mir sonst gesagt hätte. Dann aber wollte er mich berühren, und ich habe zu ihm gesagt, daß er damit aufhören soll, weil ich kein Straßenmädchen sei. Er hat zu mir gesagt, wenn ich so was dächte, wäre ich dumm, weil er mich sehr liebhätte. Dann hat er mich gefragt, ob ich ihn liebhätte, und ich habe zu ihm gesagt: nein, und er hat zu mir gesagt, das würde er mir nicht glauben, und hat gesagt, ich müsse es schwören. Ich habe es geschworen, aber ich mußte lachen, und er hat kapiert, daß es nicht wahr war. Ich habe ihn sehr lieb. Ich weiß nicht, was Liebe ist, aber ich will ihn heiraten und immer bei ihm sein, dann küssen wir uns immer.

17. November 1962

Eine Woche ist vergangen, seit ich Vincenzo das erste Mal gesehen habe.

Heute haben wir uns wieder gesehen, nach vier Tagen. Ich bin wieder mit Assuntina hingegangen, die ihren Freund getroffen hat; ich habe ihn auch gesehen, ihren Freund, weil ich diesmal früher zur Kirche gegangen bin und Vincenzino noch nicht da war. Der Freund von Assuntina heißt Lillo, ist 23 Jahre alt und ist zu schön, er ist hundertmal schöner als Vincenzo. Lillo ist sehr nett zu mir gewesen, und Assuntina hat sich geärgert. Er hat zu ihr gesagt, ich sei sehr schön, und wir hätten uns früher kennenlernen sollen, dann wäre er mit mir gegangen; er hat einen schönen Mund, und wenn er lacht, bekommt er zu beiden Seiten des Mundes ein Grübchen. Dann hat Assuntina gesagt, daß sie sofort gehen müßten, und Lillo sagte, daß es nicht spät sei, und er wollte bleiben, aber Assuntina hat ihn gezogen und sagte dauernd, daß ich einen Freund treffen müsse. Dann bin ich allein dageblieben, aber wenig später ist Vincenzo gekommen und hat mir sofort einen Kuß gegeben. Mir gefällt Vincenzo noch immer, und es gefällt mir auch, wenn wir uns küssen, aber mir gefällt auch Lillo, obwohl ich weiß, daß er der Freund von Assuntina ist.

23. November 1962

Vielleicht bin ich in Schwierigkeiten. Dieses Biest Assuntina hat zu mir gesagt, daß ich mit ihr nicht mehr außer Haus gehen soll, weil sie sagt, daß ich mich an Lillo heranmache, und ich kann Vincenzo nicht mehr sehen, weil ich am Sonntag mit den Nonnen zusammen bin und nicht bei ihm stehenbleiben kann. Aber mir tut es auch leid, daß ich Lillo nicht mehr sehen kann. Ich habe es zu Assuntina gesagt, daß es nicht meine Schuld ist, aber sie hat gesagt, daß das nicht wahr ist. Ich weiß nicht, was ich tun soll, damit ich Lillo wiedersehen kann.

26. November 1962

»Ich denke an deine schönen Augen
Ich möchte deinen Mund küssen
Fliehen mit dir, weit weit weg,
Lehre mich fliegen, und wir fliegen gemeinsam
Vielleicht ist das eine Sünde
Aber ich möchte es
Möchte es mit meinem ganzen Herzen einer
Verliebten.«

1. Dezember 1962

Ich bin ruiniert.

Assuntina, die Bastardin, hat dieses Tagebuch gelesen, als ich nicht da war, und hat es der Mutter Oberin gesagt, daß ich mich mit Vincenzo treffe. Aber sie hat ihr nicht gesagt, daß sie sich mit Lillo trifft. Als ich das der Mutter Oberin gesagt habe, hat sie es mir nicht geglaubt und hat zu mir gesagt, ich solle keine Lügen erzählen und versuchen, mich damit zu retten. Und die Bastardin lachte dazu. Ich habe die Wahrheit gesagt, und die Mutter Oberin hat geantwortet, daß sie meinen Vater und meine Mutter rufen muß, weil sie es wissen müssen. Meine Mama drischt mich windelweich, wenn sie es erfährt.

Herr, hilf mir du!

23. Mai 1966

Gestern ist meine Tochter geboren worden.

Vincenzo wollte sie Ciccina nennen, aber ich wollte das nicht. Heute ist Mama gekommen, um Rosanna zu sehen, und hat gesagt, sie sei häßlich. Für mich ist sie zu schön, weil sie helle Augen und blonde Haare hat. Vincenzo hat zu mir gesagt, Mama wollte, daß sie ein Junge wäre, wie Antonio, aber ich bin nicht mein Bruder. Vielleicht wollte Mama diese Dinge nicht sagen, weil sie zu häßlich sind.

Ich bin trotzdem glücklich, daß ich diese Tochter habe. Wie lieb ich sie habe!

7. April 1967

Rosanna wird jetzt schon groß, und ich habe nicht einmal die Zeit, ein paar Worte in dieses Tagebuch zu schreiben. Vincenzo findet keine Arbeit, und Rosanna ist immer hungrig. Ich nehme sie mit, wenn ich Spritzen geben gehe, und manchmal geben die Damen ihr Süßigkeiten, weil sie zu niedlich ist. Sie kann schon eine Menge sagen, aber das erste Wort, das sie sagte, war »Mama«. Sie hat es auf eine Weise gesagt, daß mir die Tränen kamen. Mama sagt, Rosanna hätte schiefe Augen, ich schaue sie immer an, aber ich sehe nicht, daß sie schief wären, sie hat gerade und schöne Augen; jetzt haben sie die Farbe von Vincenzo, und ihre Haare werden dunkler.

22. Mai 1967

Heute ist Rosanna ein Jahr alt geworden.

Ich will ihr ein Geschenk kaufen, aber ich weiß nicht, wie ich das machen soll; ich habe es Vincenzino gesagt, und er hat mir geantwortet, daß ich eine dumme Gans bin, weil wir nicht einmal das Geld fürs Essen haben, aber er will das Geld für den Wein trotzdem, obwohl er weiß, daß Rosanna nichts mehr zum Anziehen hat. Er nimmt sie nie in den Arm und gibt ihr nie Küsse. Na ja, Küsse gibt er mir auch nicht mehr, nur an manchen Abenden, wenn er etwas machen will, fängt er damit an, mir lauter Küsse zu geben, die mich anekeln, weil er nach Wein stinkt.

17. Juli 1968

Heute war ein ganz schlimmer Tag.

Tante Concetta hatte mir gesagt, es gebe da eine Dame, die ein Hausmädchen suchte, und ich bin hingegangen. Die Dame war Assuntina. Sie wohnt in einem Haus an der Piazza, genau im Zentrum. Eine zu schöne Wohnung, blitzsauber. Als sie mich gesehen hat, sah sie mich erst an, weil sie nicht sicher war, dann hat sie mich umarmt. Sie hat Lillo geheiratet, er war nicht zu Hause, weil er arbeiten war, er ist höherer Angestellter in einer Bank, und sie haben ihr gutes Auskommen. Sie hat zwei Kinder, die gerade schliefen. Sie hat mich nicht putzen lassen, weil wir angefangen haben zu reden. Dann ist es spät geworden, und ich wollte gehen, aber sie hat mich eingeladen, bei ihr zum Essen zu bleiben, und ich habe geantwortet, daß ich das meinem Mann sagen müsse. Sie hat gesagt, ich solle ihn anrufen, und ich habe gesagt, daß wir kein Telefon haben, da hat sie zu mir gesagt, daß sie mich später mit dem Auto heimfahren würden. Sie wollte unbedingt, daß ich Lillo sah und daß er mich sah. Und als er kam, sagt Assuntina, ich sollte sofort zu putzen anfangen, wenn ich das Geld wollte. Ich wollte zu ihr sagen, sie sollte selber putzen, mit ihren sauberen und feinen Händen, aber da war Rosanna, die essen wollte, und da habe ich den Lappen und das Putzmittel genommen und angefangen zu putzen. Lillo ist hereingekommen, und er war zu schön; er war elegant gekleidet, ein Herr. Sie haben sich einen Kuß gegeben, und dann hat sie ihm gesagt, daß ich da war, und er erinnerte sich nicht an mich, dann hat er mich genauer angesehen und hat mich an den Augen wiedererkannt. Er hat gesagt, daß ich noch immer schön bin. Assuntina ärgerte sich und sagte, ich solle putzen, und sie sagte Lillo, daß ich geheiratet hätte und es mir nicht gutginge. Lillo hat zu mir gesagt, meine Tochter sei wirklich hübsch, und er hörte nicht hin, was Assuntina sagte, er schien sich vielmehr zu schämen für das, was sie sagte. Aber er sah mich auf eine seltsame Weise an, als hätte er Mitleid für mich, vielleicht wollte er, daß ich ging und nichts machte, aber das konnte ich nicht tun. Er hat mir gesagt, ich solle dableiben zum Essen, und ich habe zu ihm gesagt, das ginge nicht. Also habe ich geputzt, während sie aßen, und ich hörte, wie er sagte, sie solle aufhören, mich so zu behandeln, und sie sprachen immer Italienisch, auch wenn sie ärgerlich waren. Dann war ich fertig, und Lillo wollte das Geld nicht Assuntina geben und hat es mir selbst gegeben. Er bat mich um Entschuldigung wegen Assuntina, und er gab mir einen Haufen Geld; ich sagte es ihm, daß es zuviel war, und er antwortete, daß ich zu gut gearbeitet hätte, und wenn ich etwas brauchte, sollte ich zu ihm kommen. Ich wußte nicht, was ich sagen sollte, und bin gegangen, ohne mich von Assuntina zu verabschieden.

Lillo ist zu gut mit mir gewesen, und er war wunderschön. Das Geld habe ich versteckt, weil sonst Vincenzo mir einen Haufen Fragen stellt und dann zu mir sagt, ich wäre eine Straßendirne, und alles wegnimmt. Heute wollte ich eine Dame sein, so gefiel ich Lillo besser.

»Warum bin ich so arm? Das ist nicht gerecht.
Warum mußte Rosanna Hunger haben?
Warum hat Lillo mich so gesehen?
Ich möchte eine Dame sein
Eine Dame mit Geld
Eine Dame mit Kleidern
Eine Dame mit Schmuck
Eine Dame.«

15. September 1969

Ich bin eine Straßendirne, die widerwärtigste.

Heute bin ich zu der Bank von Lillo gegangen und habe ihn gesehen. Ich brauchte Geld, aber ich weiß, daß ich nicht deswegen hingegangen bin. Ich habe das gute Kleid angezogen und mir die Haare gewaschen, ich war geschminkt und sah aus wie eine Dame mit Hut. Er hat mich lange angeschaut und sagte immer, ich sei zu schön. Er hat mich in eine Bar geführt und mich gefragt, was ich wollte. Dort kannten ihn alle und sahen mich an, weil ich wie eine Dame aussah. Wir hatten die Münder ganz nah beieinander, und ich dachte daran, wie wohl seine Küsse schmeckten. Wir sind hinausgegangen, und er hat das Auto geholt, und wir sind zum Hafen gefahren, um in Ruhe zu reden. Ich habe zu ihm gesagt, daß ich Hilfe brauchte, und er hat mir geantwortet, daß er mir alles geben werde, was ich wollte. Dann haben wir uns fest in die Augen gesehen, und wir haben uns geküßt.

Wir sehen uns morgen früh, wenn Frau Enza Rosanna

noch mal nimmt. Sein Kuß schmeckte wunderbar, obwohl er vorher in der Bar einen Martini getrunken hatte, Vincenzo dagegen stinkt immer aus dem Mund, auch wenn er nichts getrunken hat.

17. September 1969

Jetzt bin ich wirklich eine Nutte.

Gestern bin ich zu der Verabredung gegangen, und Lillo hat mich in die Wohnung eines seiner Freunde gebracht. Ich wollte das nicht tun, ich habe nie daran gedacht, aber als er damit begann, mich zu berühren, habe ich nicht zu ihm gesagt, er solle aufhören, weil er mich auf eine schöne und saubere Weise berührte. Es ist zu schön gewesen, auch wenn ich weiß, daß es ein Fehler von uns war, es zu tun, aber es ist wunderschön gewesen, mit Vincenzo ist es widerlich. Lillo hat mich gefragt, wann wir uns wiedersehen können, aber ich weiß es nicht; ich hatte zu ihm gesagt, wir sollten uns sehen, wenn ich in die Bank gehen konnte, aber er hat zu mir gesagt, daß die anderen es merken können. Meiner Ansicht nach fühlt er sich schuldig. Also haben wir gesagt, wenn ich hingehen kann, komme ich um elf zur Bar, wenn er Pause hat.

Ich kann es kaum erwarten, ihn zu sehen, auch weil ich mich nicht schuldig fühle gegenüber Vincenzo.

6. Oktober 1969

Ich weiß nicht, was ich machen soll, vielleicht bin ich schwanger, und es ist schon lange, daß ich nichts mit Vincenzo mache, und ich glaube, es ist von Lillo. Ich habe nur einmal Liebe mit ihm gemacht, und der Herr hat mich bestraft, weil ich glücklich gewesen bin, wenn auch nur ein einziges Mal. Ich habe Angst, zum Doktor zu gehen, weil ich weiß, was er mir sagen muß, und ich habe Angst, weil ich nicht wüßte, was ich tun sollte.

1. Januar 1971

Wieder hat ein neues Jahr begonnen.

Aurelia geht es nicht gut, vielleicht hat sie Fieber und ich muß einen Doktor rufen. Lillo sehe ich schon lange nicht mehr, und ich muß hingehen und ihm das von unserer Tochter erzählen. Vincenzo kann sie wirklich nicht ausstehen, Aurelia. Und wenn sie weint, trinkt er Wein, und dann will er sie schlagen. Zum Glück komme ich dazu und nehme sie in den Arm. Vincenzo weiß nicht, daß sie nicht seine Tochter ist, aber vielleicht hat er es gemerkt, weil er sie immer schlecht behandelt. Vielleicht ist es, weil sie ihm nicht ähnlich sieht.

Lillo ist unerträglich geworden, er sagt mir immer einen Haufen häßliche Dinge und will immer wissen, was ich mit Vincenzo tue. Ich hab' ihm schon gesagt, daß ich mit Vincenzo schon seit einem Jahr nichts mehr tue, als ich mit ihm Liebe machte, damit er nicht merkte, daß ich schwanger war und die Tochter nicht

seine war, aber er glaubt mir nicht, weil er sagt, wenn ich meinen Mann mit ihm betrogen habe, kann ich ihn mit meinem Mann oder mit einem anderen betrügen. Aber er macht Liebe mit Assuntina, und ich sage ihm das immer; er antwortet mir, daß er ein Mann ist und sich nicht weigern kann, seine Mannespflichten zu erfüllen.
Ich möchte ein Mann sein.

22. Mai 1973
Ich muß aufhören zu weinen, ich sehe nicht einmal das Blatt, auf dem ich schreibe.
Es ist einfach so, daß die ganze Welt widerlich ist.
Vincenzo ist endlich gegangen, nachdem er mich fertiggemacht hat. Ich halte es nicht mehr aus, hier zu leben. Heute hat er mich vergewaltigt und mit dem Stock grün und blau geschlagen. Was soll ich machen? Ich weiß gar nichts mehr. Assuntina hat es ihm gesagt, daß Aurelia die Tochter von Lillo ist, sie konnte es nicht für sich behalten, weil Lillo sie verlassen wollte, um immer bei mir zu sein. Ich hatte es zu Lillo gesagt, er solle Assuntina nicht verlassen, weil ich Vincenzo und Rosanna nicht verlassen kann, um mit ihm und Aurelia zu leben. Auch Rosanna ist meine Tochter, und auch sie habe ich lieb, wenn ich auch Aurelia noch lieber habe. Ich behandle Rosanna besser, damit niemand es merkt, aber manchmal, wenn ich sehe, daß Rosanna ihr Schläge geben will, möchte ich sie grün und blau schlagen. Und Vincenzo hat mich grün und

blau geschlagen, und er hat mich auch aufs Bett geworfen und mich ausgezogen und sich auch ausgezogen... Mir wurde schlecht, und jedesmal, wenn ich zu ihm sagte, er solle aufhören, sagte er zu mir, ich sei eine Straßennutte, und Straßennutten muß man so behandeln... Rosanna weinte und rief mich und wollte herein. Aber zum Glück war die Tür verschlossen, denn sonst hätte sie diesen Dreck gesehen und noch mehr geweint. Dann hat er alles Geld genommen, das in der Schublade war, und ist gegangen. Er ist Wein kaufen gegangen, und wenn er dann heimkommt, ist er wieder betrunken und schlägt mich und sagt mir diese Dinge. Er sagte immer zu mir: Für wieviel Geld hast du es dir machen lassen? Und er sagte, ich wäre dumm, ich hätte mir doch mehr geben lassen können, aber ich sei ja nicht mal fähig, mich ficken zu lassen. Ich wollte es ihm sagen, daß ich mich nicht ficken habe lassen, ich hatte Liebe mit ihm gemacht, und er hatte mir gesagt, es sei das Schönste in seinem ganzen Leben gewesen. Ich habe Angst, daß er Aurelia etwas antut, denn jetzt ist er verrückt und versteht nichts mehr.

Ich wollte schon, mit Tränen in den Augen, eine weitere Seite anfangen, aber meine Tante kam herein und unterbrach mich: »*Và sarvulu, allè! Stà trasennu Vicinzinu, allè, Annè, curra!* Geh und versteck es, schnell! Vincenzino kommt gleich rein. Mach schnell, Annetta, lauf!«

Ich sprang auf und versteckte rasch das Tagebuch unter der Matratze. Gleich darauf kam er herein, um mich zu begrüßen.

»*Annè, ccà sì? Quannu vinisti?* Annetta, du hier? Wann bist du gekommen?«

Die Tante antwortete für mich, und er kam her, um mich auf die Wange zu küssen. Ich spürte Widerwillen in mir aufsteigen, aber ich konnte nicht verhindern, daß er meine Wange mit diesen ekelhaften Lippen und diesem kotzigen Mundgeruch besudelte. Dann sagte Tante Vannina, wir sollten zu Tisch kommen, es sei schon alles fertig.

Es war ein Uhr, und ich hatte völlig mein Zeitgefühl verloren, eingetaucht wie ich war in diese mitreißende und anrührende Entdeckung des wahren Ichs von Tante Vannina. Und während sie die dampfenden, aber verkochten Nudeln servierte, sah mich die Tante an, als suchte sie eine Antwort, einen Kommentar in meinen Augen. Ich konnte ihr auf keine Weise begreiflich machen, was ich dachte, auch weil nicht einmal ich genau wußte, was ich dachte: Ich hatte diese Seiten mit dem Herzen gelesen, und jetzt konnte ich sie nur mit dem Herzen beurteilen, aber ich fühlte mich nicht in der Lage, irgendein Urteil über sie auszusprechen. Ich wollte nur gleich mit dem Essen fertig sein, warten, daß er sich ins Bett legte, wie es bei uns Sitte ist, und mich wieder in die Lektüre stürzen.

Inzwischen aber mußte ich seine Fragen ertragen, die er sich selbst beantwortete, seine kleinen, immer vulgären Bemerkungen...

»*Scè, scè... Annetta ranni addivintà...* Schau, schau... Annetta ist groß geworden...«

Und ich mußte so tun, als verstünde ich die überdeutlichen Anspielungen nicht, und weiteressen, während ich in Gedanken zu jenen Worten zurückkam: »*Poi continuammu*. Später machen wir weiter.« Später bedeutete jetzt, es war jetzt: Er hatte endlich die Gelegenheit, das mehrere Jahre zuvor begonnene und nie beendete Werk fortzusetzen... Und wer konnte mich verteidigen? Meine Tante? Der es nicht einmal gelungen war, sich selbst zu verteidigen? Bei der Verabredung mit ihm war ich allein, und das wußte er nur zu gut. Meine Oma würde nicht mehr kommen, um mich fortzubringen und zu verhindern, daß man mir weh tat.

Das Mittagessen war zu Ende, und ich stand sofort vom Tisch auf. Als ich in das kleine Zimmer kam, hob ich die Matratze und nahm das Büchlein heraus, um die Lektüre fortzusetzen, vielleicht auch um die Angst und dieses Gefühl der Ohnmacht zu vertreiben, die sich meiner jedesmal bemächtigten, wenn ich an jene Worte dachte: »*Poi continuammu*.«

23. Mai 1973

Zum Glück habe ich wenigstens dieses Tagebuch, um mich auszusprechen, sonst würde ich verrückt...

Gestern ist Vincenzo spät nach Hause gekommen, es war schon nach eins, und ich tat so, als schliefe ich. Er hat sich ausgezogen und sagte dauernd, daß er eine Nutte geheiratet hätte, die nicht bumsen könne. Er war mit irgendeiner echten Nutte gegangen, eine von denen, die sich zahlen lassen, mit meinem Geld ist er zu ihr gegangen... Dann hat er sich hingelegt, aber er

schlief nicht, weil ich hörte, daß er weinte; sogar wenn er weint, ist er widerlich, weil er sich die Nase mit der Hand trocknet und dann die Hand am Laken abstreift. Es ist nicht das erste Mal, daß er zu weinen anfängt, das macht er jedesmal, wenn er stockbetrunken ist. Einmal habe ich versucht, ihm Mut zuzusprechen, weil ich nicht verstand, warum er weinte, und er fing an zu lachen, dann weinte er wieder, und dann gab er mir eine kräftige Ohrfeige. Tags darauf habe ich es ihm gesagt, und er erinnerte sich nicht daran, deshalb sage ich nichts mehr zu ihm, wenn er es macht. Ich tat so, als schliefe ich, aber er kniff mich in den Arm und schubste mich, weil er mich aufwecken wollte.
Heute morgen bin ich zu Mama gegangen, weil ich Angst habe, daß er Aurelia wehtut, und habe zu ihr gesagt, ob sie mich bei sich schlafen lassen könnte, ich habe sogar angefangen zu weinen. Mama sagte zu mir, ich müsse nach Hause zurückgehen, weil das mein Mann sei und ich ihn mir ausgesucht habe. Nicht einmal meine Mamma will mir helfen. Lillo sehe ich nicht mehr, weil ich nicht einmal zum Arbeiten außer Haus gehen kann.
Was ist das für ein Leben?

7. Juli 1974

Mama ist gestorben, und sie denken darüber nach, wem das Haus zusteht, weil sie kein Testament hinterlassen hat. Ich will meine Mama …

16. Dezember 1974

Auch Papa ist gegangen, aber wir wußten, daß er am Sterben war. Seit Mama gestorben ist, ging es ihm immer schlecht, und er weinte und rief immer nach ihr. Jetzt bin ich allein, vorher waren Mama und Papa da, jetzt bin ich allein. Vincenzo will in die Schweiz gehen und dort Arbeit suchen, weil er sagt, daß wir hier Hunger leiden werden, aber Hunger hat er nie gelitten, weil ich da war. Ich bin froh, daß er geht, dann habe ich keine Angst mehr.

20. Dezember 1974

Vincenzo hat mir gesagt, daß er Ende des Monats mit einem Freund in die Schweiz geht. Meinetwegen kann er heute noch gehen, er tut mir einen Gefallen, aber er will auch Rosanna mitnehmen, dann läßt er sie von einem Doktor untersuchen und operieren, wenn er alles Geld beisammen hat, weil das sehr viel kostet. Mama sagte es zu mir, daß Rosanna schiefe Augen hat, und ich wollte es nicht glauben. Erst nachdem Aurelia geboren war, habe ich gesehen, daß sie schief sind. Ich will nicht, daß Vincenzo sie dorthin mitnimmt.

4. Januar 1975

Vincenzo ist gestern abgefahren und hat Rosanna mitgenommen, ohne daß ich davon wußte.
Ich war zu Fräulein Vincenti zum Putzen gegangen, und als ich heimkam, war nur Aurelia zu Hause und

hat mir gesagt, daß sein Freund ihn abholen gekommen war, und er hat zu Rosanna gesagt, sie solle ihre Sachen nehmen und weggehen. Rosanna hat angefangen zu weinen, weil sie nicht ohne mich gehen wollte, und er hat ihr eine Ohrfeige gegeben und sie mitgenommen. Sie haben Aurelia allein zu Hause gelassen, obwohl sie wissen, daß sie sich allein fürchtet. Jetzt will ich zu Lillos Bank gehen. Er läßt sich bald von Assuntina scheiden: Sie hat es mir gesagt, als sie hierher zu mir kam, um einen Aufstand zu machen. Aber ich weiß nicht einmal, was ich ihm sagen soll, wenn ich ihn sehe, denn wir sehen uns schon zu lange nicht.

15. Juni 1975

Heute habe ich den ersten Brief von Vincenzo nach all diesen Monaten bekommen.

Er hat mir gesagt, daß er sich ein Auto gekauft hat und daß er zum Doktor gegangen ist, und der hat ihm gesagt, daß die Operation einen Haufen Geld kostet, und jetzt läßt er sie ihr nicht machen. Vielleicht kommen sie an Weihnachten, aber er weiß es nicht, weil er so viel arbeiten muß. Ich sehe Lillo jeden Tag; jetzt kommt er mich von zu Hause abholen, weil ihm die Leute egal sind, aber ich weiß, was die denken, und wenn Vincenzo kommt, sagen sie es ihm. Lillo sagt immer, wenn sie ihm die Scheidung geben, heiratet er mich, aber Assuntina geht immer zu seiner Bank und ruft ihn an und will ihn die Kinder nicht sehen lassen.

Ich möchte weggehen, aber allein, ich will nicht einmal mit Lillo leben.

23. November 1975

Heute ist Lillo gekommen und hat mir gesagt, daß er mit Assuntina Frieden geschlossen hat und daß sie wieder zusammen sind. Er hat mir gesagt, daß wir uns trotzdem sehen können, aber nicht jeden Tag, und ich habe ihm geantwortet, daß ich das nicht will. Ich bin froh, daß er wieder mit Assuntina zusammen ist, aber ich habe jetzt niemanden mehr.

17. Dezember 1975

Lillo ist mich wieder besuchen gekommen.

Ich will ihn nicht mehr sehen, aber er kommt trotzdem, weil er sagt, daß er nicht mehr bei Assuntina bleiben kann, die schwanger ist und immer einen Haufen Geschichten macht. Er wollte Liebe mit mir machen, ich hatte nein gesagt, aber er gab zur Antwort, daß er es brauche, weil er es lange Zeit nicht gemacht hätte. Und wie ist Assuntina dann schwanger geworden? Durch den Heiligen Geist? Er hat mir dann leid getan, und wir haben's gemacht.

Bald ist Weihnachten, und Vincenzo kommt.

Hier brachen die Eintragungen ab, und meine Neugierde blieb zurück und mußte unbefriedigt bleiben, zumindest bis er gegangen war. Dann würde ich meine Tante fragen können, wie es mit diesem Lillo ausgegangen ist, wie sie neben ihrem Mann weiterleben konnte und was sie heute darüber denkt.

Leider dauerte das Warten länger, als ich gedacht hatte, denn meine Tante ging mit ihrem Mann ins Dorf. Als sie gegen acht zurückkamen, aßen wir Abendbrot, dann ging er aus dem Haus, zu seiner üblichen Runde durch die Bars, und endlich konnte ich mit ihr sprechen. Es war etwas schwierig, das Gespräch zu beginnen, aber meine Tante half mir.

»Hast du das Tagebuch fertig gelesen?«

»Ja, Tante... Ich wollte dir sagen... Wie ist es denn mit dem ausgegangen?«

»Mit Lillo? Nichts weiter, manchmal sehe ich ihn, wenn ich ins Dorf gehe...«

»Aber, Tante, was ist dann passiert?«

Nach einigem anfänglichen Zögern begann meine Tante, den Rest der Geschichte zu erzählen: Lillo blieb bei seiner Frau, und noch jetzt kann man sie Sonntag morgens in der Kirche sehen und Sonntag abends auf der Piazza, wie sie Arm in Arm spazierengehen, hinter sich die drei Kinder. Was meinen Onkel betrifft, kam er an Weihnachten zurück und blieb. Seit damals ging das Leben seinen normalen Gang. Ab und zu erinnerte er sie daran, was sie getan hatte, ohne zu berücksichtigen, was inzwischen, aus dem Mund des Freundes, alle erfahren hatten, nämlich daß er in der Schweiz mit einer Frau von zweifelhafter Moral zusammengelebt hatte: die hatte keine und damit basta. Seltsamerweise hatte ihm nie jemand von Lillos Besuchen berichtet, weil sie meine Tante kannten und große Achtung vor ihr hatten.

Ich fragte sie, wovon sie jetzt träume, und sie zuckte mit den Schultern. Was mich an dieser ganzen Geschichte am meisten verwirrte, war, daß meine Tante das einzige Mal, daß sie mit wirklichem Genuß Liebe gemacht hatte, schwanger geworden war, und die anderen Male, sicherlich viele, nichts passiert war. Vielleicht brauchte sie die anderen Male nicht bestraft zu werden: Die wahre Strafe war, es zu tun. Jetzt träumte sie von nichts mehr, oder, besser gesagt, sie wollte vermeiden und sich daran hindern zu träumen, um nicht noch mal enttäuscht zu werden.

An diesem Punkt fragte sie mich, was ich über sie denke; ich antwortete ihr nicht, umarmte sie aber, und sie weinte. Ich hatte Lust, immer mehr Lust, ihr von ihrem Mann zu erzählen, und je mehr ich mir sagte, daß es nicht richtig sei, desto mehr dachte ich, daß es richtig ist.

Ich sagte es ihr schließlich, schroff und kurz, und vermied dabei Einzelheiten oder irgendwelche Kommentare, nur die Sache selbst, wie es passiert war. Ich weiß nicht, ob sie überrascht war; jedenfalls gefiel mir, daß sie keine Überraschung heuchelte.

Sie sagte: »*Accussì porcu è?* So ein Schwein ist er?« Dann dachte sie an mich und kam darauf, daß ich bei ihr zu Hause nicht sicher war.

Vielleicht war das der Anstoß, die wichtigste Entscheidung ihres Lebens zu treffen: dieses Haus zu verlassen, die beiden Töchter mit sich zu nehmen und sonst nichts als ein paar Lire und ihre neuen Träume. Ihre Augen strahlten, als sie mir diese Entscheidung mitteilte.

Und ich? Was sollte aus mir werden?

Meine Tante sagte, daß sie mich natürlich mitnehmen würde.

Tags darauf gingen wir zu diesem Lillo, zu »seiner Bank«, wie meine Tante sagte, um ihm die Nachricht mitzuteilen.

Meine Tante war sehr nervös, obwohl sie alles tat, das zu verbergen. Seit acht, als sie mich geweckt hatte, hatte ich sie mindestens zehn Zigaretten rauchen sehen, und es war erst zehn Uhr. Sie war entschlossen, redete mit sicherer und scheinbar ruhiger Stimme, aber kaum waren wir vor der Glastür angekommen, begann sie zu zittern und sagte immer wieder, wir sollten besser wieder nach Hause gehen, weil die Dinge auf weniger drastische Weise in Ordnung kommen konnten. Ich begriff den Grund für ihren plötzlichen Stimmungs- und Meinungsumschwung nicht und führte ihn auf die Bedeutung des Schritts, auf seine Schwere zurück, unter Berücksichtigung der Umgebung, in der sie lebte.

Den wahren Grund begriff ich, als die Tante mit diesem Lillo sprach. Er war wirklich ein schöner Mann, sehr jugendlich und ansehnlich, mit einem wirklich sehr sinnlichen Mund. Als er die Tante hereinkommen sah, stürzte er zur Tür, sagte, sie solle ein paar Minuten warten, dann kam er zurück und hatte eine Stunde freigenommen.

Wir gingen in die Bar, und er fragte, wer ich sei und wieso sie mich mitgebracht habe; die Tante antwortete nur, ich sei ihre Nichte, und begann ihm von ihren Entscheidungen zu erzählen. Jetzt hatte sie einen demütigen und unentschlossenen Klang in der Stimme und in ihrem Verhalten. Gleich darauf begriff ich den Grund dafür: Lillo fing an zu schreien wie ein Besessener, und die Versuche meiner Tante, ihn zu beruhigen, waren fruchtlos, er wollte nichts davon wissen.

Die Augen der Leute ruhten jetzt alle auf uns, er wollte gehen, aber da war ich. Er schrie mich an, ich solle gehen, ich solle sofort gehen. Meine Tante flehte mich an zu bleiben und hatte verängstigte Augen; er schrie mich weiter an, ich solle gehen und die Tante bleiben. Dann gab er ihr eine Ohrfeige, und sie sagte, ich solle nach Hause gehen, sie würde bald nachkommen.

Ich wußte nicht, was ich tun sollte, ich wollte sie nicht allein lassen mit diesem Verrückten. Als er mich zögern sah, sagte Lillo zu mir: »Worauf wartest du denn? Geh endlich!« Also ging ich.

Ich wartete eine Stunde, zwei Stunden, dann drei Stunden, vier, fünf, während ihr Mann mich schon zu quälen begann, wo sie wäre. Meine Tante kam nicht heim, und meine kleinen Cousinen hatten erst kurz zuvor aufgehört zu weinen. Ich machte mir Sorgen, ich stellte mir vor, sie sei tot oder so etwas Ähnliches.

Es war inzwischen elf Uhr nachts und von ihr keine Nachricht. Die Mädchen waren schon im Bett, auch wenn es zwei Ohrfeigen von meinem Onkel gebraucht hatte, damit Aurelia einschlief. Ich war mir über den

Ernst der Lage noch nicht im klaren, was mich anging: Ich war allein mit ihm, ganz allein... Aber optimistisch bis aufs äußerste, wie ich immer gewesen bin, dachte ich, er sei zu besorgt wegen des Verschwindens seiner Frau...

In der Tat hatte er ein so trauriges und nachdenkliches Verhalten angenommen, daß er, wenn er auch nicht in Sorge war, ganz so schien, als wäre er es. Das bis Mitternacht.

»Wir haben lange genug gewartet... Wer weiß, wo sie sich ihre Hörner abgestoßen hat... Komm, gehen wir ins Bett... Annetta, sag, du hast keine Angst, allein zu schlafen?«

»Rosanna und Aurelia sind ja bei mir...«

»Ich weiß, ich weiß... Aber ohne deine Mutter und deinen Vater... Weißt du, was ich dir sage? Diese Nacht schläfst du bei mir, im Schlafzimmer...«

»Nein, Onkel, wirklich, ich habe keine Angst...«

»Komm, stell dich nicht so an... Ich habe das schon so entschieden...«

»Aber Onkel, dann sind die Mädchen allein...«

»Pfeif drauf, du schläfst bei mir!«

Er packte mich am Arm und zog mich mit Gewalt ins Schlafzimmer. Er tat mir weh, und ich vergaß über diesem Schmerz einen Augenblick lang meine Angst. Aber die Angst packte mich wieder, als er sich auszuziehen begann.

»*A dormiri vistuta? Alle, fammi vidiri comu si fatta*... Schläfst du vielleicht angezogen? Komm schon, laß dich anschauen...«

Und dabei hatte er einen betrunkenen, wahnsinnigen Blick.

Ich sagte zu ihm, ich wolle nicht da bei ihm bleiben, und er stand auf, kam nah zu mir her, ließ seine Hosen runter und stand nackt da. Er ließ mich vor sich niederknien, packte mich an den Haaren und zog mich zu seinem Glied. Ich schrie, schrie, und er zog mich noch fester bei den Haaren.

Rosanna wachte auf und kam zur Tür herein, die er nicht einmal taktvoll zugemacht hatte, sie sah uns in dieser Stellung, und ich merkte, wie sich ihr Blick aufheiterte. Dann sagte sie zu mir: »*Un ti preoccupari, Annè, cà poi nescìa u latti*... Keine Angst, Annetta, da kommt dann die Milch raus...«

Einen Augenblick lang verstand ich nicht, er lachte und sagte zu mir: »*Bonu è u latti, Annè! Tè, assaggilu!* Gut, die Milch, Annetta! Nimm, probier doch...«

Da verstand ich und floh. Ich fing an zu laufen, in Nachthemd und Hausschuhen, durch diese Straßen, die keine waren, mitten durch das Gras und den Gestank des Weihers. Ich kam an den wenigen Autos vorbei, und die Betrunkenen fragten mich, wo ich hinliefe, die normalen Leute sahen mich verwundert und neugierig an. Ich haßte meine Tante, die an diesem Abend nicht nach Hause gekommen war, ich haßte meine Tante, die erlaubt hatte, daß er sich auch seiner Tochter bediente, dieses Schwein!

Ich wußte nicht einmal, wo ich hin sollte: zu mir nach Hause? Es war nicht mehr mein Zuhause, das war es niemals gewesen.

Ein Auto kam herangefahren, und ich erkannte *ihn*, wie er mir nachhupte, er wollte, daß ich stehenblieb, daß ich einstieg und zu ihm nach Hause zurückkam, wo sollte ich auch hin? Meine Eltern würden mir nicht glauben, geschweige denn mich wieder bei sich aufnehmen.

Er hatte recht, völlig recht, aber ich war bereit, überallhin zu gehen, anstatt in dieses Haus zurückzukehren.

Als er versuchte, mir den Weg abzuschneiden, fiel mir ein, daß in dieser Gegend das Haus von Angelina Carasotti war. Ich fing wieder an zu laufen, konnte ihm ausweichen, und endlich kam ich in eine schmale Gasse, durch die man mit dem Auto nicht durchkam. Aber er sah mich und stieg sofort aus.

Ich war vor der Haustür von Angelina und konnte gerade noch die Klingel läuten, da war er schon da. Ich fing an zu schreien und nach Angelina zu rufen, während er mir Fußtritte versetzte und an mir zog. Der Ingenieur beugte sich zum Fenster heraus und fragte, was los wäre.

»*Sugnu Annetta! Angelina! Aiutatimi! Mi vò ammazzarriii! Aiutu! Aiutu!* Ich bin's, Annetta! Angelina! Helft mir! Er will mich uuumbringen! Hilfe! Hilfe!«

Ich schrie so laut ich konnte, um auch mit dem Klang meiner Stimme ihre Hilfe herbeizurufen.

»Lassen Sie sie los! Lassen Sie sie sofort los, oder ich rufe die Polizei!«

»*Lei si facissa i cazzi sua, cà se no, puru ppi lei ci ni sù!!!* Kümmern Sie sich um Ihren eigenen Dreck, sonst hab' ich auch für Sie was auf Lager!«

Da rief der Ingenieur nach seiner Frau und sagte, sie solle die Polizei benachrichtigen, während er mir zu Hilfe eilte. Ich hörte die überraschte Stimme seiner Frau fragen, was los wäre.

Der Ingenieur kam sofort herunter, im Morgenmantel, mein Onkel lockerte schon den Griff, um etwas zu suchen, mit dem er ihn treffen konnte. Er fand eine Eisenstange und erwartete ihn an der Haustür.

Ich schrie dem Ingenieur zu, er solle aufpassen, ich schrie: »*Attentu! Attentu!* Achtung! Achtung!«, und dann lief ich, um Hilfe zu holen.

Die Straßen menschenleer! Hunde, nur Hunde kamen vorbei!

Dann endlich ein Auto. Ich stellte mich mitten auf die Straße und schrie, sie sollten stehenbleiben: »*Aiutu! Aiutu! S'ammazzunu! S'ammazzunu!... Viniti... Curriti!* Hilfe! Hilfe! Sie bringen sich um! Sie bringen sich um!... Kommt... Kommt schnell!«

Sie waren zu dritt. Sie liefen her, um meinen Onkel zu stoppen, der dem Ingenieur mit dieser Eisenstange in der Hand nachlief... Er hatte ihn schon an einer Schulter getroffen und schrie ihn an: »*Curri, ah? Curri, curnutu?* Da läufst du, ha? Da läufst du, du Hahnrei?«

Auf dem Balkon riefen die Frau und Angelina weinend um Hilfe. Schließlich kamen auch die Polizisten, die drei hielten noch immer meinen Onkel fest, der mit den Füßen nach ihnen trat und fluchte.

Wir gingen alle aufs Präsidium. Sie wollten alles von mir wissen, wer ich war, wer meine Eltern waren, warum ich mich im Hause meines Onkels aufhielt, wo meine Tante war... Dann wollten sie meine Eltern benachrichtigen, trotz meiner flehentlichen Bitten und der Beruhigungen von Angelina und ihrer Eltern.

Der Ingenieur und seine Frau sagten immer wieder,

wenn es Probleme gäbe, sollte ich bei ihnen zu Hause bleiben. Sie überzeugten mich, gegen meinen Onkel Anzeige wegen versuchter Notzucht zu erstatten, und sie behandelten mich als Mensch; sie sagten zu mir, daß nicht einmal Tiere solche Dinge tun und daß er bestraft werden müsse.

Auch sie kamen, meine Eltern: Mein Vater mit seinem anklagenden Blick – ich hatte einen Skandal verursacht – wäre gern über mich hergefallen, aber er hielt sich zurück; meine Mutter hielt sich nicht zurück, sie sprang sofort auf mich los, knurrte mir etwas zu und packte mich mit den Zähnen am Arm nach Art eines hungrigen Raubtiers, sie sah aus wie eine Wölfin. Aber der Ingenieur hinderte sie daran weiterzumachen, und sie mußte den Kopf von der »Wildfütterung« heben. Sie fragte ihn, was er von ihr wolle, wieso er sich in die Angelegenheiten unseres Hauses mischte, ob es ihm vielleicht nicht reichen würde, daß seine Tochter ein engelgleiches Mädchen in eine *»buttana strafalaria*, eine schamlose Nutte« verwandelt hätte.

Der Ingenieur sagte, sie solle sich beruhigen, niemand habe das Recht, irgend jemanden zu verprügeln, geschweige denn ein Kind, er würde es jedenfalls nicht zulassen, daß sie mich anrührten.

Angelina und ihre Mutter zogen mich inzwischen beiseite, in ihre Nähe, strichen mir die Haare glatt und sagten mir immer wieder, ich sollte mir keine Sorgen machen.

Diese Nacht und viele weitere schlief ich bei ihnen zu Hause. Sie behandelten mich sehr gut, als wäre ich Angelinas jüngere Schwester, die wiederum mir ihre Kleider lieh und mich mitnahm, wenn sie ausging.

Das war ein ruhiger Monat für mich: Ich hatte schon das Elend bei mir zu Hause vergessen, ich war ein ganz normales Mädchen, das sein normales Leben lebte. Nur, daß er nicht für immer dauern konnte, mein Garten Eden!...

Ich hatte Nicola wiedergesehen, und wir hatten angefangen, wieder miteinander zu gehen: Er gefiel mir, er hatte schöne Ideen, er sprach mit mir über die Gleichheit der Rechte von Männern und Frauen, er war sanft, er überschüttete mich mit Zuneigung und Aufmerksamkeiten, und ich begann, ihn für meinen Märchenprinzen zu halten, nach dem ich nie gesucht und von dem ich nie geträumt hatte.

Dann erinnerten sich meine Eltern daran, daß sie eine Tochter hatten, und beschlossen, mich holen zu kommen, um diese Ehre zu retten, die durch die Tage bei Angelina zu Hause aufs Spiel gesetzt war. Man munkelte, und das nicht wenig, über meine Beziehung zu Nicola, und man fragte sich, wann meine Eltern die Sache in Ordnung bringen würden, wann sie mich verheiraten und für mich den Ehemann-Vater finden würden, falls Nicola sich weigerte, seiner Pflicht nachzukommen.

Mein Vater wollte etwas über die Familie von Nicola erfahren, ohne mein Wissen suchte er dessen Eltern auf, um möglichst die Situation zu bereinigen. Zu seinem Glück traf er auf Leute von seinem Schlag, die ihn über die völlig ernsten Absichten ihres Sohns beruhigten.

Im Jahr danach liefen Nicola und ich (zu Recht oder zu

Unrecht?, aber macht nichts) in den Hafen der Ehe ein und machten uns an die Gründung unserer neuen Familie. Ich bin mir nicht sicher, ob wir es wirklich gewollt haben.

Seit damals sind viele Jahre vergangen, in meinem Dorf habe ich regelrechte Revolutionen miterlebt, die Mädchen gehen seelenruhig außer Haus, ihre Eltern sind nicht mehr sehr streng, fast alle besuchen Schulen und manche sogar die Universität. Aber ich habe nie Hosen tragen können.

Das habe ich zu Tante Vannina gesagt, als sie mich besuchen kam (sie war mit Lillo durchgebrannt, aber sie hatten sich getrennt, jetzt war sie die Geliebte eines wohlhabenden verheirateten Doktors mit Kinderschar, während ihr Mann die Gastfreundschaft des Malaspina-Gefängnisses in Caltanissetta genoß); ich habe es zu ihr gesagt, und sie erwiderte: »*Annè, ma pirchì ti maritasti?* Annetta, wieso hast du eigentlich geheiratet?«

»*Pozzu cangiari 'na testa, no tutti i testi.* Einen Kopf kann ich umkrempeln, aber nicht alle.«

Sie ist ernst geworden. Dann haben wir wieder daran gedacht, als ich damals die Hosen ihres Mannes anprobierte, und wir haben gelacht.